I0615638

VŒU SECRET

MARIAGES MAFIEUX LIVRE 1

WILLOW FOX

SLOWBURN
PUBLISHING

VŒU SECRET

Mariages Mafieux Livre 1

Willow Fox

Publié par Slow Burn Publishing

© 2022

Traduction par sarahas2 & berenicehamza

Relecture par marie_frcy

v5

Couverture par Slow Burn Publishing

Cover Design by MiblArt

1

DANTE

SA MANIÈRE de danser me fait ressentir des choses que je sais mauvaises.

J'avale cul sec un autre verre de whisky, en essayant de refouler l'envie de m'approcher et de presser mes lèvres sur les siennes.

– Dites-moi que vous n'envisagez pas de coucher avec Nicole DeLuca, dit Moreno.

Il est mon bras droit, mon meilleur ami, et surtout d'une honnêteté flagrante, même quand je ne le veux pas.

Il sait aussi que je bande pour Nicole depuis le moment où j'ai appris l'existence de la fille de Gino.

J'aime les défis, et elle est inaccessible. Cela rend la partie beaucoup plus intéressante.

– Est-ce que tu m'as vu ne serait-ce que lui parler ?

Je lance un regard noir à Moreno pour qu'il la ferme. Quelque part, je doute qu'il fasse ce que je lui demande.

C'est un bon gars, si on peut dire une chose pareille sur la famille Ricci.

– Vous ne faites que boire et la fixer. Elle va finir par vous remarquer, dit Moreno.

Peut-être que c'est le but. Je veux qu'elle me remarque. Je veux qu'elle me craigne comme son père, Gino, craint ma famille.

Nicole se dandine sur la piste de danse. La lumière tombe en cascade sur ses cheveux noir corbeau.

Elle se trémousse et se balance, les bras en l'air.

Je veux enlever ce sourire de son visage joyeux avec un coup de rein.

C'est une femme forte, et je suis l'homme qui va bouleverser sa vie.

– Prenez un autre verre. Je vous invite.

Moreno fait signe au barman, et il s'approche et verse un autre whisky.

– Tu m'invites ? Je rigole.

Je suis le propriétaire de ce foutu bar.

Il peut me payer tous les verres qu'il veut. Je bois gratuitement ici.

– Ça ne veut pas dire que vous ne devez pas donner de pourboire au staff.

Moreno glisse un billet de 50 au barman, dont j'ai oublié le prénom. C'est Ren-quelque chose je crois. Je l'ai engagée après que le dernier gars m'ait causé un mal de tête et un patron mort.

Il vaut mieux laisser certaines choses dans le passé.

Être Don a ses avantages, y compris celui d'avoir toutes les femmes que je veux.

Ce soir, cette femme est Nicole DeLuca.

Je bouge sur le tabouret de bar.

D'habitude, je prends la banquette dans le coin. Il y a une pancarte réservée pour les occasions où je voudrais venir prendre un verre ou parler affaires avec un associé.

– Vous avez besoin de trouver une autre femme. Quelqu'un de moins mortel, dit Moreno.

Je ris doucement et sirote mon whisky.

– Tu parles comme si elle était une tueuse.

– Son père l'est.

Je fais un signe de la main en l'air.

– C'est un vieil homme, Gino. Il me fait chier.

Il est aussi un problème dont il faudra s'occuper, mais ce sera pour un autre jour.

Ce soir, je suis ici pour me défouler et m'amuser.

– Si vous baisez cette fille, il vous traquera, prévient Moreno.

Il fait signe au barman de venir et lui servir un verre.

Je lève un sourcil. Je n'ai pas vu Moreno boire depuis, eh bien, depuis toujours.

S'il boit, la situation est mauvaise.

– Merde, je te fais boire. Ça doit vraiment être la fin du monde, me moque-je.

Il se pince l'arête de son nez crochu. Il le doit à une bagarre de bar où il a défendu mon honneur, il y a près de vingt ans. J'étais jeune, naïf, et sur le point d'avoir dix-sept ans. Je savais me battre comme un enfant, pas comme un homme.

Moreno a remédié à cela. Il m'a appris tout ce que je sais sur l'entreprise familiale.

– Promettez-moi seulement que vous la laisserez tranquille, patron.

Moreno sirote son whisky.

Il est évident pour tous ceux qui le connaissent qu'il déteste le goût, mais il boit comme un pro pour quelqu'un qui ne le connaît pas.

– Tu n'as pas besoin de te tuer pour moi, je plaisante en désignant le whisky. Je vais boire ça si tu as du mal.

– Ai-je l'air d'avoir du mal ? demande Moreno.

– Très bien. Alors, pendant que tu apprécies ce whisky, je vais travailler mes pas sur la piste de danse.

– Dante, Moreno prononce mon nom avec un ton qui contient plus que de simples signes d'avertissement.

Il me crie de l'écouter.

Mais quand ai-je déjà écouté ?

Le plus drôle est que je suis son patron, et je ne reçois pas d'ordre de Moreno ou de quiconque. Bien que j'apprécie son inquiétude, c'est tout ce que c'est pour moi, et je vais faire ce que je veux.

Ne l'a-t-il pas encore compris ?

Je descends du tabouret de bar et me dirige vers la piste de danse. Je ne danse pas. Ce n'est pas la peine.

Je suis en mission, et elle est ma cible.

On se regarde, et elle rougit à mon approche.

Bien. Elle n'a pas l'air de me connaître. Au moins, elle n'a pas remarqué que je suis le bâtard qui essaie de tuer son père.

– Je suis avec des amies, dit-elle comme si cette phrase allait me faire partir.

– Sympa de leur part de te planter, dis-je.

Elle avait dansé pendant les quarante dernières minutes, seule. Les quelques types qui avaient essayé de la draguer n'ont pas eu de chance.

L'un d'eux me regarde avec excuses.

Je ne l'ai pas encore vue avec un shot ou un verre à la main, non plus.

– Comment sais-tu qu'elles ne sont pas aux toilettes ? demande Nicole.

– Si elles y sont, elles ont dû se sauver par la fenêtre.

Elle lève les yeux au ciel.

– Tu sous-entends que je suis barbante à ce point ?

– Au contraire, je ne sous-entends rien, seulement que tu es une jolie femme qui danse seule.

– Je parie que cette réplique marche sur toutes les autres filles, dit Nicole.

Elle a raison. Il n'en faut pas beaucoup pour qu'elles tombent à mes pieds. J'ai la chance d'être beau et d'avoir un corps superbe. Ne le remarque-t-elle pas ?

– Et si je te payais un verre, et si tu ne veux plus jamais me voir...

– Ok.

Sa réponse me prend par surprise.

Je la conduis vers la banquette réservée et lui fais signe de s'asseoir en premier. La banquette est incurvée, et je fais en sorte de m'asseoir près d'elle, nos cuisses se touchant.

J'ai envie de la toucher, de la séduire, de lui procurer toutes sortes de plaisirs décuplés.

– Tu es sûr qu'on peut s'asseoir ici ? demande Nicole. Ça disait bien « réservé ».

Je hausse simplement les épaules. Je ne veux pas révéler qui je suis, surtout si elle n'est pas au courant de ma position de pouvoir. Elle ne doit pas le savoir.

– On verra bien ce qui se passera, dis-je.

Elle lève un sourcil curieux mais n'en dit pas plus.

La serveuse de tout à l'heure arrive, et je fais signe pour deux verres, un par personne. Je n'ai pas besoin de donner ma commande à la barmaid. Elle prend le meilleur alcool, le plus haut de gamme de la collection.

– Je ne connais pas votre nom, dit Nicole.

– Daniel, réponds-je.

C'est un mensonge. J'ai toujours été Dante.

Il est clair qu'elle ne me reconnaît pas, et je ne peux pas laisser mon prénom éveiller les soupçons.

– Je m'appelle Nikki, dit-elle en posant une main sur ma cuisse.

Son ton a changé depuis que je l'ai rencontrée il y a quelques minutes sur la piste de danse, mais je ne sais pas trop pourquoi. Est-ce que ça m'intéresse ?

– Enchanté de te rencontrer, Nikki, dis-je, comme si j'essayais de me souvenir de son prénom.

Je ne pourrais jamais l'oublier. Je la surveille depuis qu'elle est arrivée en ville et a emménagé avec son père, mon pire ennemi : Gino DeLuca.

Tout ce que je veux, c'est le détruire, et dans la foulée, je serai obligé de la ruiner pour les autres hommes.

Dommage.

Elle est belle, avec ses longs cheveux noirs et ses yeux ambrés.

Mignonne et sexy.

Et elle pourrait avoir une vie normale si je n'étais pas en guerre contre son père.

Les lumières sont faibles, le bar n'est pas vraiment bondé pour un vendredi soir.

La musique ralentit, et je suis heureux que nous soyons déjà sur la banquette. Bien qu'un slow soit agréable parfois, ça ne collerait pas au moment. Pas quand j'ai envie de me frotter à elle.

La barmaid revient avec deux verres. L'un est un whisky pour moi et le deuxième un whisky sour avec glaçons pour elle. C'est fort mais sucré, trop féminin pour moi, mais les dames ne le refusent pas habituellement.

Je ne m'attends pas à ce qu'elle soit différente.

Mais j'ai tort.

Elle fait glisser son verre vers moi et attrape le mien avant que je puisse le porter à mes lèvres.

– Je vais boire ce que tu bois.

Elle parle de mon verre de whisky.

Merde, ce truc est cher.

Les filles prennent toujours le « off-label », et comme c'est mélangé, elles ne peuvent pas sentir la différence.

Elle sourit timidement et bat de ses longs cils noirs, mais c'est juste une comédie.

À quel jeu joue-t-elle ce soir ?

– J'espère que ça ne te dérange pas. Je préfère les bonnes choses, l'or liquide.

Nicole engloutit le whisky en quelques secondes et claque le verre sur la table en bois.

Son regard ambré et chaleureux est parsemé d'or, et plus elle m'observe, plus je me plonge dans son regard.

Mais putain, qu'est-ce qui se passe ?

– Tu veux aller quelque part ?

Je le veux plus que tout, mais mes tripes me disent non.

– Et si je te ramenais chez toi ? proposé-je.

Je sais déjà qu'elle vit chez son père, mais je me demande quelle excuse elle va me donner.

2

NICOLE

QUATRE HEURES Plus Tôt

– Descends un moment, Nicole, dit Papa.

Je suis son animal de compagnie, son prix qu'il aime vanter auprès de ses partenaires commerciaux. Il se vante d'être fier de moi, mais il n'est fier que de lui-même.

Je déteste mon père mais il est ma famille. Déménager n'était pas mon idée, mais je n'ai nulle part où aller, je n'ai pas d'emploi, j'ai tout récemment été diplômée de l'université.

Je descends l'escalier. Mes pieds nus effleurent le parquet froid.

– Oui, papa ?

– Viens, assieds-toi avec moi dans mon bureau.

La peur me monte directement au ventre. À chaque fois que mon père veut que je me rende dans son bureau, cela signifie que je l'ai déçu d'une manière ou d'une autre.

Qu'est-ce que j'ai fait cette fois ?

– Comme tu le sais, j'ai tenu ma langue et je t'ai laissé poursuivre tes études et obtenir ton diplôme dans cette école ridicule, dit Papa.

Mes joues brûlent, et je serre les lèvres pour éviter toute réaction émotionnelle.

– Maintenant que tu es à la maison et que tu as vingt-deux ans, tu vas faire ta vie avec un jeune homme de mon choix.

– Papa !

J'ai l'impression d'être un enfant en l'interrompant.

Et il me traite comme tel.

Sa main me gifle violemment le visage.

– Ne me coupe pas la parole, me réprimande-t-il.

Je baisse la tête, honteuse. C'est ce qu'il veut, après tout, le contrôle.

– J'ai réfléchi longuement et sérieusement à la question, Nicole. Il est dans l'intérêt de tous que tu te maries avec...

– Non ! Je ne veux pas l'entendre. J'attends qu'il me gifle à nouveau, mais il ne le fait pas. Je ne vais pas épouser quelqu'un que tu penses que je devrais épouser. C'est une notion tellement dépassée ! crié-je de dégoût en me précipitant hors de son bureau.

– Jeune fille, je n'ai pas fini de te parler !

Je m'en fous, et il reçoit le message quand je me précipite vers la porte d'entrée. J'enfile une paire de chaussures et sors en trombe par l'entrée principale.

Je n'ai pas réfléchi.

Je n'ai pas de voiture.

Pas d'argent.

Et personne à appeler ou sur qui compter.

Je me dirige vers la route principale, ignorant les gardes qui m'interrogent en sortant, me demandant si j'ai besoin d'un chauffeur. Même si j'en ai envie, je sais aussi qu'ils diront tout à mon père, y compris où je suis allée.

———

Je me dirige vers le bar de la ville la plus proche. Marcher ne me dérange pas. Le temps est agréable, ensoleillé et plaisant, ce qui est mieux que mon humeur.

Je veux me bourrer la gueule, mais j'ai oublié mon portefeuille. Je pourrais flirter avec le barman ou peut-être un mec canon au bar. En supposant que n'importe qui dans cette ville étrangement petite soit beau et mérite mon temps.

Ça n'aide pas que je n'aie nulle part où aller. Le retour à la maison me pèse comme une tonne de briques.

Je ne bois pas et me faufile directement sur la piste de danse. La musique entraînante me réveille intérieurement et me fait oublier ma journée agitée. Je rejette les deux premiers gars qui se disputent mon attention.

Ils ne m'intéressent pas. Ils sont trop souriants et parfaits.

Il y a un homme au bar qui est canon.

Bien habillé, les yeux sombres, et l'air en forme sous son costume.

Il essaie trop fort d'impressionner les dames.

Mon regard s'attarde sur lui plus longtemps que prévu, et je me détourne, me déplaçant pour danser au milieu de la piste, mes pieds tapant sur le sol. Se lâcher est une sensation merveilleuse.

Si seulement je pouvais couper les ponts avec ma vie.

Ce ne serait pas si difficile si j'avais trouvé un poste de prof. Mon diplôme n'était qu'un bout de papier, sans valeur.

J'aurais dû analyser le marché du travail avant d'obtenir mon diplôme d'enseignement primaire. Ce n'était pas comme si je ne pouvais pas trouver de travail. Quelques endroits embauchaient, mais ce n'était pas dans les meilleurs quartiers.

Cela ne me préoccupait pas vraiment.

C'était le fait que des familles rivales dirigeaient ces territoires.

Je resterais toujours une cible tant que mon père serait Don.

Il n'avait pas toujours été Don, mais il avait été le bras droit d'Angelo DeLuca pendant des années. Je ne me souviens pas d'un moment où Angelo et Papa n'étaient pas amis.

Quand Angelo est mort, Papa a repris l'affaire familiale avec fierté et admiration.

Il était un salaud avec moi quand il était bras droit. Je frissonne au souvenir de sa main qui me gifle. Papa n'avait jamais été gentil, mais il m'avait aussi laissé assez tranquille.

Maintenant qu'il était Don DeLuca, la noirceur qui s'installait dans son cœur grandissait.

Il voulait être craint de tous.

Le bel inconnu au regard sombre et mystérieux s'avance vers moi. Il ne fait pas semblant de danser. Étonnamment, il ne se frotte pas non plus à moi.

Ça ne m'aurait pas dérangé, si j'avais bu quelques verres avant.

Son nom est Daniel. Il est simple à prononcer. Il ne ressemble pas à un Daniel, mais qu'est-ce que j'en sais ?

Il flirte et je finis par mordre à l'hameçon. La vérité est que j'ai besoin de sortir de cette ville, et si cela implique de voler ses clés de voiture ou son portefeuille, ainsi soit-il.

Je le rejoins pour boire un verre, vole son whisky, et l'instant d'après, je lui demande s'il veut partir d'ici.

Je ne peux pas retourner chez moi, même si je le voulais. Une partie de moi veut l'amener à Papa et humilier mon père.

– Ils fumigent chez moi.

Je mens si facilement.

Je ne peux pas lui laisser savoir que je suis la fille de Don DeLuca. Je ne sais pas qui travaille pour mon Papa et qui il a contrarié. Il s'est fait de nombreux ennemis. Ce n'est pas un secret. Les DeLuca ne se font pas des amis facilement.

– C'est drôle, c'est ce qui se passe chez moi, dit Daniel.

Je souris en secouant la tête.

– Tu as l'air exceptionnel.

Je touche sa poitrine. Je ne sais pas trop pourquoi ni ce qui me prend, mais j'ai le besoin pressant de ressentir autre chose que de la colère et du ressentiment.

Je déteste mon Papa.

J'attrape Daniel par la cravate et le tire vers moi pour l'embrasser.

Je le prends par surprise. La plupart des hommes ne sont pas habitués à ma fermeté et à mon audace. Je suis habituée au pouvoir, aux autres qui l'exercent sur moi. C'est agréable d'avoir la chance d'avoir le contrôle.

Je jure que je l'entends grogner.

Mon dieu, je veux le dévorer.

– J'ai une meilleure idée, murmure Daniel à mon oreille et me tire sur ses genoux.

Je porte une courte robe noire qui arrive au-dessus des genoux. Les bretelles spaghetti n'arrêtent pas de glisser sur mes épaules et, pour la première fois ce soir, je ne prends pas la peine d'essayer de les remonter.

Je peux sentir sa chaleur me piquer par en dessous.

Mes doigts s'agrippent à ses cheveux tandis que nos lèvres fusionnent.

Il n'est pas le seul à grogner. Je pense que je viens de faire un bruit en même temps.

On ne devrait pas.

On ne peut pas.

Pas dans le bar.

Pas dans un lieu public où tout le monde peut voir ce qu'on fait.

Mon Dieu, j'ai envie de lui.

Il mord ma lèvre inférieure et je gémis.

La musique couvre mes bruits, mais je suis sûre que Daniel peut entendre chaque son que je fais.

Il écarte mes jambes, et explore ce qui est caché sous ma jupe. Il touche ma culotte. Sait-il qu'elle est trempée à cause de lui ?

Ses doigts sont rudes et rapides, poussant ma culotte sur le côté. Je ne suis pas sûre qu'il n'ait pas déchiré le tissu en soie.

Ses lèvres se rapprochent de mon oreille, son souffle me chatouille et m'excite.

– Tu mouilles pour moi, Chaton.

La façon dont il le dit fait frémir tout mon corps.

Il pince mon clito, envoyant une onde de choc à travers mon corps et jusqu'à mon cœur.

Je lutte pour me recentrer, pour garder les yeux ouverts. Ma respiration est plus profonde. Chaque inspiration est un halètement.

Il couvre ma bouche, chaude et rêche, et il déplace légèrement mes hanches, juste assez pour me détacher de lui pendant qu'il sort sa bite de son pantalon.

Et puis il est violent, il me pénètre.

Je gémis, convaincue que le bar entier peut entendre les bruits, et tout le monde sait ce qui se passe.

Daniel couvre ma bouche. Sa langue explore mes lèvres tandis qu'il remue les hanches et que ses mains se posent sur mes hanches.

On bouge ensemble en harmonie. Ses mouvements sont profonds et puissants.

Soudain, il soulève mes hanches et me retourne pour que je m'assoie sur ses genoux. Il me pénètre à nouveau, mes entrailles palpitant à cause de la sensation de l'approche de l'orgasme et de son retrait momentané.

J'ouvre la bouche pour demander ce qu'il fait, mais il est déjà plongé dans ma chaleur et mon humidité.

Ses mouvements deviennent plus rapides, plus brutaux alors qu'il s'enfonce en moi et que je me crispe.

– Pas encore, ordonne-t-il.

J'halète et je me sens au bord du gouffre.

La sensation augmente à l'intérieur de moi. Mon cœur bat contre mes côtes, ma respiration est haletante et je suis en sueur.

Je tremble et me serre contre son membre, il m'attrape le menton et me tire la tête sur le côté pour que je le regarde.

– Je t'ai dit que tu pouvais jouir ? demande-t-il. Son ton est dur.

Je sursaute en entendant ses mots. J'attends qu'il me frappe, mais il ne le fait pas.

– Je ne l'ai pas encore fait.

Je suis au bord du gouffre.

– Putain, dit-il.

Plusieurs autres coups de reins, et il gonfle en moi, au bord du gouffre.

– Jouis pour moi, Chaton.

Je fais ce qu'il ordonne, me contractant, le serrant alors que je tremble sur ses genoux. Je mords ma lèvre inférieure, la tirant entre mes dents pour retenir mes gémissements.

Daniel me soulève et me repose sur la banquette à côté de lui. Il se réajuste dans son pantalon et remonte sa fermeture éclair. Ses yeux brillent lorsqu'il sort de la cabine que nous partagions.

– Attends, dis-je et je l'attrape par la cravate. Je le serre fort pour un dernier baiser.

Mais ce n'est pas tout ce que je cherche. J'ai besoin de ses clés ou de son portefeuille. Ce que je peux prendre en premier sans qu'il s'en aperçoive.

Avec une main accrochée à sa cravate, je fais attention à le voler sans qu'il ne se doute de rien.

Je mets ses clés dans mon dos et je fais attention à ne pas les faire entrechoquer.

– Passe une bonne nuit, dis-je avec un sourire timide.

Il traverse la pièce et se dirige vers le bar où se trouve son ami. Il s'assied, je me glisse hors de la banquette et sors par la porte d'entrée avant que Daniel ne réalise que j'ai volé ses clés et n'appelle les flics.

3

DANTE

– TU ES PRÊT À PARTIR ? demandé-je à Moreno.

Il a l'air de s'ennuyer, et j'en ai marre maintenant que je me suis amusé.

Mon regard parcourt le bar, mais je ne vois aucun signe de Nicole. Elle doit déjà être partie. Je ne sais pas pourquoi je m'y intéresse. Au moins, il n'y a pas d'autres hommes qui dansent avec elle.

Un étrange sentiment de jalousie me frappe comme un éclair.

Je ne devrais pas m'en soucier. Je fais signe au barman pour un autre whisky.

– Je conduis, dit Moreno en me tendant la main.

Il attend que je dépose mes clés dans sa paume.

– Très bien.

Je ne suis pas d'humeur à me disputer avec lui et, franchement, je suis un peu plus que pompette. Je n'ai pas besoin de prendre le volant et de planter mon 4x4. D'ailleurs, c'est pour cela que des bons éléments comme Moreno m'accompagnent.

Occasionnellement, j'ai aussi des chauffeurs. Mais j'aime conduire, me mettre derrière le volant et avoir un contrôle total. Il y a quelque chose de spécial à rouler seul en tout-terrain, sur des terrains rocailleux et dans des vallées dangereuses.

J'avale le dernier verre de whisky que la barmaid m'apporte.

Elle est mignonne.

Jeune. A peine vingt et un an.

Bon sang, Nicole avait à peine l'air assez vieille pour être dans ce bar.

Depuis quand ai-je commencé à courir après des filles qui ont presque la moitié de mon âge ?

Putain.

Quand est-ce que je suis devenu si vieux, bordel ?

Je me lève, en posant fermement mes pieds sur le sol. Je ne veux pas montrer que je suis éméché, même à Moreno. Il ne me laisserait jamais oublier ça.

Je fourre ma main dans la poche de mon pantalon pour prendre mes clés.

Non, pas là.

Je vérifie mon autre poche. Mon portefeuille est là mais pas mes clés de voiture.

Expirant lourdement par le nez, je me dirige vers la banquette que j'avais occupée plus tôt avec la beauté aux cheveux corbeau.

Il n'y a aucune trace de mes clés sur la banquette ou sous la table.

— Vous cherchez quelque chose, patron ? demande Moreno. Il se tient derrière moi et sourit.

Est-ce que c'est une blague ?

— Je t'ai déjà donné mes clés ?

Je jure que je ne suis pas si bourré que ça. Juste un peu pompette. Mais putain, la pièce tourne comme un manège de foire quand je me penche.

Moreno ne sourit pas et ne plaisante pas. Il n'a pas l'air amusé.

– La fille, elle vous les a volées.

– Nicole ? Je passe une main dans mes cheveux noirs courts.

Non. Elle ne me volerait pas. N'importe qui avec un demi-cerveau sait qu'il ne faut pas contrarier la famille Ricci.

Mais elle ne savait pas que j'étais Don Ricci, le patron de la famille Ricci.

– Dante, et si j'appelais un des gars pour qu'il nous amène une voiture ? suggère Moreno.

Je lui fais signe de faire ce qu'il doit faire pendant que je me dirige vers la porte. Je sors et la nuit s'est un peu rafraîchie. C'est l'été, chaud et oppressant, mais la fraîcheur de l'air me fait désirer les jours plus frais qui arriveront bientôt.

L'un des avantages d'être dans les montagnes, c'est que les nuits sont assez agréables.

Je ne vois pas mon 4x4 dehors, non pas que je pense qu'elle l'a laissé. Si Nicole a volé mes clés, alors elle a volé mon 4x4.

Étonnamment, elle n'a pas touché à mon portefeuille.

C'était un jeu pour elle ?

Savait-elle qui j'étais lorsque nous nous sommes rencontrés et se jouait-elle de moi ?

———————

Je me lève tôt après une nuit de sommeil merdique.

Moreno a eu la présence d'esprit ne pas dire un mot à propos du 4x4 alors que Sawyer nous récupérait et nous ramenait à la maison.

Je tournais et me retournais, incapable d'avoir un sommeil décent à cause de cette beauté aux cheveux noirs, Nicole.

Je n'ai pensé qu'à elle la nuit dernière.

Elle est encore tout ce à quoi je peux penser.

Mais j'ai du travail, et même si détruire son père et la voler pour moi semble prometteur, j'ai un business à gérer.

Je titube jusqu'à la salle de bain. J'allume la lumière et j'ouvre la douche.

Il y a de l'agitation en bas, plus que d'habitude.

Je l'ignore. Quoi que ce soit ou qui que ce soit, cela peut attendre pendant que je me lave pour une poignée de réunions que j'ai plus tard cet après-midi.

Les affaires n'attendent pas, même pour le patron.

Mais les affaires ne se montrent pas si tôt.

Est-ce que ça pourrait être Nicole ? Viendrait-elle rendre mon 4x4 ?

Je m'empresse de me laver et d'éteindre la douche. Je ne devrais pas penser à elle, mais je ne peux pas arrêter les souvenirs qui envahissent mon esprit et inondent mes sens.

Ma bite durcit en me rappelant la façon dont elle se contractait et frémissait dans mon étreinte.

Elle ne devrait pas avoir cet effet sur moi. J'ai couché avec des tas de femmes. Je peux avoir toutes les femmes que je veux, mais il y a quelque chose chez Nicole qui me tente pour une nouvelle partie avec elle.

Je me sèche et passe une serviette dans mes cheveux pour chasser les dernières gouttes d'eau quand on toque à la porte de ma chambre.

Est-ce que c'est elle ?

– Patron, dit Moreno en se raclant la gorge. Le shérif Nelson veut vous voir.

J'enroule une serviette autour de ma taille et ouvre la porte de la chambre pour parler à Moreno en privé.

Qu'est-ce que le shérif me voulait ? Nous avions pris soin de garder nos activités en règle depuis qu'Enzo s'était fait exécuter.

Je l'ai tué.

Il fallait le faire. Il rabaissait la famille et ruinait le nom Ricci. Son implication dans le trafic d'êtres humains me fait encore monter la bile à la bouche.

Je suis un homme aux multiples talents et affaires. J'ai vendu de la drogue, des armes illégales, tout ce que vous imaginez, je l'ai fait, mais je ne tolérerai pas un comportement aussi inhumain que de vendre des femmes et des enfants.

C'est une autre raison pour laquelle j'ai l'intention de détruire la famille DeLuca. En ce qui me concerne, ils sont la raison pour laquelle j'ai été forcé de tuer Enzo.

– Une idée de ce qu'il veut ? demandé-je. Je lui fais signe de fermer la porte de la chambre.

Il ferme la porte derrière lui.

Je prends des vêtements dans ma commode et dans mon armoire et les emporte dans la salle de bain. Je laisse la porte ouverte pour que nous puissions parler en privé.

Ce que je me demande vraiment, c'est si sa visite est due à la disparition d'Enzo. Nous nous sommes assurés qu'il n'y avait pas de corps à retrouver, mais cela ne signifie pas que les fédéraux et le département du shérif local ne vont pas creuser pour trouver des informations.

– Quelque chose à propos de votre 4x4, dit Moreno.

Je ne peux pas le voir pendant que je m'habille, mais je peux sentir l'inquiétude qui se dégage de lui et se dirige vers moi.

– Alors on va s'en occuper, je dis.

On peut gérer n'importe quel problème que Nicole jette sur le pas de notre porte.

Je zippe mon pantalon et boutonne ma chemise, m'assurant d'avoir l'air d'un patron. Je ne peux pas laisser le shérif local me regarder de haut.

J'ai une réputation à préserver.

Et je la préserverai.

– Finissons-en, dis-je et je fais signe à Moreno d'ouvrir la porte de la chambre et de sortir le premier.

Il me conduit en bas des escaliers et au salon où notre invité attend.

Le shérif Nelson n'est pas assis. Il est debout, une main sur son arme. Il semble anxieux, mais je ne sais pas trop pourquoi.

Nous avons gardé nos affaires pour nous et avons fait de notre mieux pour ne pas attirer l'attention des autorités.

Je n'ai pas besoin que mes hommes soient envoyés en prison. Ça ne me dit rien qui vaille.

– Monsieur Ricci, dit le shérif Nelson.

– Dante, lui dis-je pour le corriger, laissant cette visite devenir familière et amicale, essayant d'influencer son comportement.

Je veux lui faire comprendre que nous sommes amis et qu'il n'a rien à craindre chez moi. La première façon de le faire est de le laisser utiliser mon prénom.

– Dante, dit le shérif Nelson. Il fait un petit signe de tête. Nous avons des images de surveillance de votre 4x4 volant du carburant dans une station-service. J'ai parlé avec le propriétaire, et sachant que vous êtes un citoyen honnête dans cette communauté, il a accepté de ne pas porter plainte si vous allez payer pour cette petite erreur.

Moreno ouvre la bouche pour parler, et je lui lance un regard noir. Il est hors de question qu'il m'interrompe.

Personne ne m'interrompt.

Il baisse la voix.

– Bon, j'ai vu la vidéo. Je sais que ce n'était pas vous. Si vous préférez me donner le nom de la fille qui a fait ça, je serai heureux de l'arrêter et de l'enfermer.

– Ce n'est pas nécessaire, je dis.

Pourquoi est-ce que je couvre Nicole DeLuca ?

Je pourrais la faire jeter en prison.

Elle devrait faire face aux conséquences de ses actes, surtout après avoir volé mon 4x4, mais la dénoncer aux autorités n'est pas la façon dont nous, les Ricci, faisons les choses.

Non, nous faisons justice nous-mêmes.

Elle va payer pour ses crimes, mais pas auprès du bureau du shérif local.

– Je vous assure, Shérif, je vais m'occuper de ce problème tout de suite.

Je prends mon portefeuille et un autre trousseau de clés de voiture. Elle a volé mon 4x4, mais au moins elle n'a pas volé la Maserati.

– Je suis sûr que vous comprenez que je dois vous suivre à la station-service, dit le shérif Nelson.

– Bien sûr, je n'en attendais pas moins de vous.

———

Je suis furieux quand je rentre à la maison.

Je n'arrive pas à croire que Nicole a non seulement volé mon camion, mais qu'elle a aussi décidé, lors de sa petite virée, de ne pas payer l'essence.

Essayait-elle de se faire arrêter ?

J'aurais peut-être dû le dire aux autorités qui ont mis la main sur mon 4x4, mais ce n'est pas comme si je ne pouvais pas me le payer.

On peut dire la même chose d'elle. Elle est la fille de Gino DeLuca.

Cette fille vaut facilement un million, peut-être deux. Quand son père mourra, elle héritera de son empire.

Une autre raison pour laquelle je dois détruire Gino et garder un œil sur Nicole. Je ne vais pas la laisser devenir la prochaine Don.

Absolument pas.

– Tout est réglé, patron ? demande Moreno alors que j'entre en trombe dans la maison.

– Je veux que la propriété des DeLuca soit surveillée. Je veux savoir tout ce qui se passe dans cette maison concernant Nicole.

Moreno jette un coup d'œil à son cousin Halsey, un capo. Il est encore relativement nouveau dans le métier et jeune.

C'est parce qu'il est tout frais dans le métier que DeLuca ne le reconnaîtrait pas.

– J'ai des contacts locaux, dit Halsey. On peut couper son flux internet et le forcer à appeler le fournisseur d'accès.

– Fais-le. J'agite la main, indiquant qu'il est congédié.

Je me dirige vers le couloir vide où Halsey vient de sortir.

– Tu penses qu'il peut le faire ? demandé-je.

Je fais confiance à Moreno. Il a recommandé Halsey pour diriger les soldats et donner des ordres. Je ne suis pas sûr qu'il ait l'étoffe d'un capo, mais c'est une excellente opportunité, et nous devons saisir cette occasion.

S'il fout tout en l'air, je n'aurai pas à le tuer. DeLuca le fera pour moi.

4

NICOLE

J'ABANDONNE le 4x4 sur le bord de la route, pas très loin de la maison. Ramener le 4x4 à la maison ne ferait qu'énerver Papa qui se demanderait où je suis allée et ce que j'ai fait.

Ce satané réservoir était presque vide, alors j'ai fait le plein à la station la plus proche.

J'avais prévu de m'enfuir, mais je ne pourrais pas aller bien loin sans un endroit où dormir.

Pas de carte de crédit, et si j'avais apporté la mienne avec moi, Papa aurait pu facilement la tracer.

Pas de monnaie.

Je n'allais pas dormir à l'arrière du pick-up.

Douce maison, ma prison.

Mais j'ai le droit d'aller et venir comme je veux. Bien que Papa ait insisté pour que j'amène un garde avec moi, il n'a pas semblé se soucier que je m'enfuie la nuit dernière.

Je me faufile à l'intérieur bien après minuit.

Papa dort et les gardes n'ont pas l'air très surpris de me voir.

Je me glisse à l'intérieur de la maison. La porte grince derrière moi.

Il ne m'attendait pas. A-t-il seulement remarqué que je me suis enfuie ?

Je n'avais pas été très discrète à ce sujet. De plus en plus, il se concentre sur le fait d'être Don. C'est tout ce qui compte pour lui et je le gêne.

Je monte l'escalier et entre dans ma chambre sur la pointe des pieds. J'ai l'impression d'être à nouveau une adolescente, qui sort et rentre en douce après le couvre-feu.

———

J'évite Papa du mieux que je peux.

Il est d'une humeur massacrante, hurlant sur ses hommes, ses collègues.

Je peux l'entendre de ma chambre, la porte fermée.

Mon estomac gargouille, mais je ne veux pas être confrontée à sa colère alors qu'il est déjà terrifiant à côtoyer. J'avais oublié ce que c'était que de ne pas sentir ce lourd poids d'anxiété peser sur ma poitrine.

Partir à l'université avait été la meilleure chose à faire pour moi.

Revenir à la maison avait été mon enfer personnel.

Pourquoi avais-je fait ça ?

Oh, c'est vrai. Je n'avais pas d'autre argent que celui de Papa. Chaque centime que j'avais gagné à l'université avait été dépensé pour mon logement, ma nourriture et mes transports. J'étais allé à Northwestern, une école qui n'était pas donnée, et Papa avait payé les frais de scolarité sans sourciller.

Je m'assieds au bord de mon lit. Je ne devrais pas être encore en train de penser à l'homme d'hier soir, celui du bar.

J'avais volé son pick-up.

C'était par nécessité, pas par envie. Et si jamais je le revoyais, il me détesterait probablement.

Cela n'avait pas d'importance. Je n'avais pas l'intention de rester longtemps à Breckenridge. J'avais deux options, trouver un moyen de voler de l'argent à Papa ou trouver un travail.

La première serait plus difficile, mais il devait y avoir du liquide dans son bureau.

J'ouvre la porte de la chambre. Les charnières grincent, et je reste là comme une biche dans la lumière des phares, attendant de voir si je vais être la prochaine victime de Papa.

– Comment ça, son 4x4 est juste devant le portail ? Papa crie à Marco depuis le hall d'entrée.

Marco a quelques années de plus que moi, mais il porte bien son âge. Il est grand et sombre, avec une épaisse chevelure noire de jais.

Parfois, j'ai envie de passer mes doigts dedans, mais je n'ai pas l'impression qu'il s'intéresse à moi.

Est-ce parce que Papa est son patron ?

C'est un jeu.

On danse sur la ligne de ce qui est permis et de ce qui ne l'est pas.

Je l'ai embrassé dans le fond du placard de l'entrée et je l'ai sucé dans la cuisine avant que tout le monde soit réveillé.

C'était quand j'étais au lycée, et il m'avait mis à genoux, exigeant que je fasse ce qu'il disait.

Mon estomac se retourne à ce souvenir.

Quatre ans loin du château, et je suis une fille différente. Je ne suis plus Nicole. Je suis Nikki.

Nicole n'aurait jamais volé le 4x4.

Peut-être que quatre ans n'ont pas été suffisants pour me débarrasser de mon identité. Je ne suis pas différente des hommes en bas. Qui volent.

Bien que je n'aie encore tué personne.

Je ne peux pas en dire autant de Marco. Et je sais que Papa a tué beaucoup d'hommes en son temps. J'ai été témoin d'atrocités brutales dans le donjon où je n'avais pas ma place.

– Et fais fonctionner ce putain d'internet ! crie Papa.

– J'ai déjà appelé la société. Ils envoient quelqu'un ce matin, dit Marco.

Depuis quand est-il promu coursier ?

Je me faufile entre les cris et les hurlements et me précipite à pas légers et invisibles vers la cuisine.

Mon estomac gargouille, et je pense que cela pourrait trahir ma position, mais personne ne semble le remarquer ou s'en soucier.

———

Après le petit-déjeuner, je prépare un sac et je prends mon sac à dos, que je mets sur une épaule. Je l'emmène avec moi dans le bureau de Papa.

Papa est toujours en pleine conversation avec Marco, et cette fois, Vance, son second, s'est joint à leurs discussions.

J'entends des morceaux quand je passe. « Guerre... territoire... Ricci. »

Certaines choses ne changent jamais. D'aussi loin que je me souvienne, les familles DeLuca et Ricci ont toujours été en guerre.

Peu importe la ville ou l'année. La guerre continue.

Je me faufile dans le bureau de Papa et je me glisse à l'intérieur quand je vois un garçon qui n'a pas l'air assez vieux pour boire, debout sur un escabeau, en train de tripoter le plafond suspendu.

Il se racle la gorge.

– Presque fini, m'dame.

Mes yeux parcourent sa tenue. Sa chemise identifie le fournisseur pour lequel il travaille, et il semble sincèrement nerveux.

– Le routeur semble avoir court-circuité. Je l'ai remplacé par notre dernier modèle qui a une meilleure portée que l'édition précédente et je l'ai branché à travers le plafond pour obtenir.

– Peu importe, dis-je en le coupant.

Je n'en ai rien à foutre. Je veux qu'il sorte du bureau de Papa pour que je puisse fouiner et trouver sa réserve d'argent cachée.

Il sourit poliment, descend de son escabeau, le plie et l'appuie contre le mur avant de sortir du bureau.

Eh bien, c'était rapide.

J'attends de m'assurer qu'il ne reviendra pas, puis je me précipite vers le bureau. Je fouille les tiroirs, mais il n'y a que des papiers et des gribouillages de notes. Rien de valeur.

Je me dirige vers le meuble de rangement, j'ouvre d'un coup sec un tiroir, puis le second.

Jackpot !

Dans une pochette en papier kraft se trouvent plusieurs milliers de dollars. L'argent est impeccable et emballé comme s'il avait été récupéré à la banque. Je dépose plusieurs liasses de billets dans mon sac et le referme.

Je ferme le tiroir en vitesse au moment où la porte du bureau s'ouvre.

– Nicole ?

Les sourcils de Papa se froncent. Il fait un geste vers la chaise, ignorant ou ne remarquant pas le sac sur mon épaule.

Connaissant Papa, il est probablement en train de l'ignorer. Il a un don pour faire fi des détails.

– Assieds-toi.

C'est un ordre qui sort tout naturellement de sa bouche. Il m'indique le siège vide en face de son bureau.

Je sais que je ne peux pas fuir.

Il a trop d'hommes qui peuvent m'arrêter.

Avec un peu de chance, il ne demandera pas à voir ce qu'il y a dans mon sac à dos. Il y a surtout des vêtements, quelques provisions de base, les clés du pick-up, et maintenant plusieurs milliers de dollars en liquide.

5

DANTE

– LE MICRO EST INSTALLÉ et fonctionne. Je n'ai pas pu finir de mettre une caméra en place, dit Halsey au téléphone. Une jeune fille est entrée et a presque ruiné l'opération.

Il vient de quitter leur propriété.

– Une autre chose, patron. Gino et ses hommes se disputaient à propos de votre 4x4. Je suis passé devant en arrivant là-bas.

– Mon 4x4 ? j'essaie de ne pas avoir l'air trop surpris. Il est où, bordel ?

Tant pis. Je ne peux pas arrêter la colère qui monte en moi, comme un lion en cage prêt à s'échapper.

Halsey s'arrête une seconde avant de répondre à ma question.

– Vous l'avez garé juste à côté du portail, à environ deux kilomètres au sud, dit-il sans connaître la vérité.

– Bien sûr, en effet, je marmonne.

Mais à quoi pensait Nicole ? Essayait-elle de me faire tuer ? Les DeLuca pensaient-ils que je surveillais leur propriété ?

Halsey a de la chance de ne pas être mort.

Je termine l'appel avec le jeune capo et fais signe à Moreno de se dépêcher. Je ne suis pas doué pour la patience ou l'attente.

Moreno sort la surveillance audio. Je ne m'attends pas à grand-chose, mais on écoute.

– Je suis fatigué de tes jeux égoïstes et de ton attitude, Nicole. Tu es exactement comme ta mère, dit Gino. Son ton est ferme et rempli de mécontentement.

– On a fini ? demande Nicole.

Je souris au son de sa voix.

Je ne devrais pas. Je devrais être en colère contre elle pour m'avoir volé, mais c'est un problème à régler un autre jour.

– Pas du tout. J'étais sérieux à propos du mariage arrangé. Ce n'est pas un choix, Nicole. Tu es ma fille, et je te marierai à l'homme que je jugerai acceptable.

– Je ne suis pas un prix à gagner à la foire, dit Nicole. Je m'en vais et tu ne peux pas m'en empêcher.

Le silence emplit le vide.

Je jette un coup d'œil à Moreno.

– J'aurais vraiment aimé avoir la vidéo.

C'est probablement la partie égoïste de moi qui veut revoir Nicole. Mais je peux encore la voir, la sentir blottie fermement contre ma bite.

Elle était serrée, comme une vierge, avec ce tout petit trou que j'ai baisé.

Mon Dieu, j'ai envie d'elle.

Intérieurement, je gémis et je me précipite vers mon bureau. J'ai besoin de quelques minutes. De silence. Un moment pour moi.

J'ai toujours mon téléphone à la main, et Moreno a installé le programme pour que je puisse entendre Gino à tout moment quand il est dans son bureau.

Je le laisse allumé, attendant de voir si Nicole revient en trombe pour avoir le dernier mot.

Ça semble être son genre.

– Ferme la porte, dit Gino.

Je ne sais pas à qui il parle, mais l'autorité dans sa voix est impérieuse.

– Ma fille est un problème qui doit être réglé.

Ça pique ma curiosité et mon intérêt.

Elle est un problème. Mon problème.

Je ne sais pas quel est le problème de Gino avec Nicole. Bien que je n'aime pas l'idée que quelqu'un choisisse l'époux de quelqu'un d'autre, je comprends cette notion. Notre famille a fait des mariages arrangés pendant des siècles. C'est notre façon de faire.

Le mariage de mon père était un arrangement entre familles. Ils semblaient tous les deux heureux. La plupart du temps.

– Oui, patron, dit une voix masculine. Elle est rauque et épaisse. Pas le moins du monde jeune ou nouvelle. Il parle avec autorité, comme s'il était à l'aise avec Gino.

Je sais que ce n'est pas Vance, le second de Gino. Je reconnaîtrais sa voix les yeux fermés.

– Nicole va s'enfuir. Elle est en colère contre moi, et je ne vais pas l'arrêter. Elle m'a volé plusieurs milliers de dollars. Je veux qu'elle soit capturée par notre opération. Nos hommes ne doivent pas savoir qu'elle est ma fille.

– Mais, monsieur

– Non ! La voix de Gino beugle. C'est pour son propre bien. Elle doit découvrir ce que c'est que d'être vendue à un monstre.

Mon sang bouillonne. La pièce est chaude comme un sauna, et de la sueur coule de mon front. Je l'essuie.

Je défais les trois premiers boutons de ma chemise et j'envoie mon poing contre le mur. Mes articulations brûlent et mon poing picote, mais cela ne fait rien pour atténuer la douleur dans ma poitrine.

Gino est le monstre, et Nicole n'a aucune idée de ce qui l'attend.

6

NICOLE

JE JETTE le sac à dos sur mon épaule, enfile ma paire de baskets bleu ciel préférée et me dirige vers la porte d'entrée.

Papa n'a même pas regardé dans ma direction.

Il ne se soucie pas que je fuie. Je ne suis qu'une gêne pour lui.

Dehors, le soleil est aveuglant et chaud. Je passe devant les gardes sur la pelouse pour atteindre le portail.

– Vous avez besoin d'un chauffeur ? me demande un des gardes.

– Non, c'est bon. Je vais marcher.

J'ai bien l'intention de sortir les clés du 4x4 une fois que j'aurai passé le portail et que je serai hors de vue.

Le portail s'ouvre en grinçant dans un bruit strident qui me donne des frissons. Je l'ignore.

Il y a plus d'hommes qui montent la garde que d'habitude.

Papa était en colère ce matin. S'inquiétait-il que nous soyons en plein milieu d'une autre guerre de territoire ? J'avais entendu des bribes de conversation et je ne suis pas idiote.

Papa et les Ricci ne s'entendent pas. Ils ne se sont jamais entendus. Et ne s'entendront jamais.

Je passe le portail ouvert. Je remercie les gardes d'un signe de tête et je regarde le virage de la route principale. C'est là que j'ai garé le pick-up.

Il n'était pas hors de vue. Il était tard quand je suis rentrée, mais je doute que quelqu'un y ait prêté attention. Les voitures tombent en panne tout le temps, et elle était juste avant la route privée qui mène à la maison.

J'atteins le 4x4 et laisse tomber mon sac sur le sol. J'ai besoin de mes clés, et je ne les ai pas sous la main.

Enfin, les clés de Daniel. Je m'accroupis et ouvre la fermeture du sac à dos. Mes doigts examinent le contenu, écartant d'abord les liasses de billets, puis fouillant dans mes vêtements.

J'aurais dû laisser les clés dans la poche extérieure. Ça aurait été intelligent, mais je n'ai pas réfléchi ce matin.

Papa me rend toujours nerveuse.

Mes mains tremblent. J'expire lourdement et me retourne juste au moment où je sens un sac passer sur ma tête et mes mains être bloquées dans mon dos.

Des menottes s'enfoncent dans ma chair.

Il ne s'identifie pas. Ce n'est pas un officier de police.

– Qui êtes-vous ? Ma question reste sans réponse.

Des bras puissants me soulèvent, et le vrombissement du moteur d'un autre véhicule se fait entendre.

– Laissez-moi partir ! Je me tortille et crie, faisant de mon mieux pour me débattre, mais mes bras sont bien attachés derrière moi, et je n'ai aucune chance sans un peu d'aide.

– Vous savez qui je suis ? Vous ne pouvez pas faire ça ! Je suis Nicole DeLuca. Mon père va vous tuer ! crié-je aux hommes qui me kidnappent.

Ils me poussent à l'arrière d'un véhicule. Il semble plus près du sol.

Je ne suis pas dans le pick-up que j'avais volé.

Où m'emmenaient-ils ?

Ils ignorent mes suppliques, mes cris, mes appels à l'aide.

C'est parce que j'ai volé le 4x4 de ce mec canon hier soir ? Est-ce qu'il me donnait une leçon ?

Des bras forts se rapprochent. Je ne vois pas grand-chose d'autre que de la lumière et des ombres à travers le capuchon sombre.

Des mains soulèvent légèrement le capuchon autour de mon cou. Sont-elles en train de l'enlever ?

Au lieu de cela, je sens le cuir froid d'un collier, et la boucle est serrée - des dents en métal s'enfoncent dans mon cou.

Je grimace et gémis à cause de l'inconfort.

– Tais-toi ! me souffle une voix épaisse.

Une décharge d'électricité me frappe.

Je tremble. Je tressaille. Je convulse.

Je ne sais pas si j'ai été électrocuté par le collier ou par un taser. Y a-t-il une différence ?

Le courant s'arrête, mais mon corps brûle toujours et me fait souffrir. Mon cou est douloureux. Ma gorge me fait mal jusqu'à l'intérieur de ma bouche.

Je ne me défends pas.

Je baisse la tête. Je suis une lâche et je cède à ces hommes. Tout ce qu'ils veulent, je le leur donnerai.

Tout pour ne plus jamais sentir cette brûlure palpitante dans mon corps.

7

DANTE

– TU N'ENVISAGES PAS SÉRIEUSEMENT de t'impliquer ?

Moreno est debout, les bras croisés.

Il ne semble pas le moins du monde amusé.

– De la façon dont je le vois, dit Moreno, ça résout un problème.

Je secoue la tête.

– Non.

Je suis peut-être un monstre, mais j'ai une conscience. Je ne vends pas de femmes ni d'enfants. J'ai passé plusieurs mois à la tête de la famille Ricci à travailler pour détruire les DeLuca.

La méthode la plus simple est de s'attaquer à leur trafic d'êtres humains.

Mes motivations ne sont pas entièrement désintéressées.

Je veux détruire Gino.

Je ne sais pas ce que je ferai de Nicole si je pose les yeux sur elle. Je n'arrive pas à comprendre comment gérer ce problème.

Je suis trop investi émotionnellement.

Moreno le voit aussi. Il me connaît presque aussi bien que je me connais moi-même.

Ce serait risqué, de débarquer - peut-être en mission suicide - pour sauver une fille qui m'a volé.

– J'ai des contacts. Mais vous êtes peut-être mieux équipé pour trouver l'adresse de la vente aux enchères, dit Moreno.

J'ai coupé des ponts.

Je ne peux pas juste appeler un ancien collègue, un associé qui travaille maintenant pour l'ennemi. Il est autant un flic pour moi qu'un agent de sécurité privé.

Je ravale ma bile à l'idée de m'associer à Jayden Scott.

– Il travaille pour la Tactique de l'Aigle, je dis, et mes lèvres supérieures se retroussent de dégoût. Ces hommes ont fait tomber Angelo DeLuca quand Angelo était Don.

Dans un sens, ils m'ont fait une faveur. Cela a aussi conduit à ma décision d'exécuter Enzo. C'était lui ou moi.

Il aurait rejeté toute son opération de contrebande sur moi.

Je n'allais pas laisser ça arriver. C'est pourquoi j'ai été prudent.

Tactique de l'Aigle s'en est aussi pris à Sergio, le capo d'Angelo. Pour autant que je sache, ils l'ont tué ou peut-être que les filles qu'il avait enlevées l'ont fait. Je ne suis pas sûr et je m'en fous.

Sauf que Sergio n'organise plus la vente aux enchères. Je ne sais pas d'où l'opération sera lancée.

Seulement quand.

C'est toujours à minuit.

———

Je ne devrais pas faire ça.

Mais quel autre choix ai-je ?

Je quitte la propriété et me dirige vers les bureaux de Tactique de l'Aigle. Ces gars ne vont pas être contents de me voir.

Je me gare au bout de l'allée et je marche vers le bâtiment. Je sors mon téléphone et j'envoie un SMS à Jayden Scott.

J'ai besoin d'une faveur.

Je n'aime pas faire des faveurs parce que ça veut dire que je lui en devrai une. Mais il devrait être ravi de m'aider. Ces gars de Tactique de l'Aigle sont pratiquement comme les Boy Scouts avec leur code d'honneur et tout ça.

Mon téléphone s'allume avec une réponse.

Va te faire foutre.

Je souris et je ris doucement. Je ne peux pas faire ça, ou plutôt, je ne le ferai pas.

Sors et dis-le-moi en face.

Je ne me tiens pas juste devant la porte. Je suis sur le côté, les bras croisés sur ma poitrine. Je prends le risque qu'il vienne ici avec un pistolet chargé et qu'il me tire dessus.

Nous n'avons pas vraiment été en bons termes ces derniers temps. Enzo a attrapé sa fiancée et l'a livrée aux DeLuca.

Enzo ne m'avait pas beaucoup parlé de la situation, et quand je lui ai dit que j'étais contre, il m'a dit de fermer ma gueule.

Donc, c'est ce que j'ai fait.

Je savais à quoi m'en tenir. Je n'étais pas le patron à l'époque. Maintenant je le suis.

Maintenant, c'est moi qui donne les putains d'ordres.

La porte d'entrée s'ouvre, et Jayden sort. Ses yeux sont crispés, et ses mains sont serrées en poings.

Heureusement, il ne brandit pas d'arme, et s'il en a une, elle est rangée, cachée.

Ça me convient.

Ce n'est pas comme si j'allais où que ce soit sans mon arme fixée à ma hanche et une arme de secours à ma cheville.

Ma police d'assurance.

– Quel culot tu as de venir ici ! Jayden me crie dessus.

Je m'attends à voir des yeux attentifs à la fenêtre, mais c'est trop difficile de voir si quelqu'un nous observe ou non.

– Je sais. Crois-moi. Tu n'es pas le premier à qui je voulais faire appel non plus.

Ce n'est idéal pour aucun de nous deux.

En ce qui me concerne, on l'a trahi, et il nous a doublé. Tout ça devrait être derrière nous. D'une certaine manière, je ne pense pas qu'il ressente ça avec la vapeur qui se dégage de lui.

En fait, je ne suis pas sûr qu'il nous ait trahis. J'ai des soupçons, et il a certainement invité un rat dans notre maison. Ça veut dire que soit il est un connard, soit il est idiot.

Il se jette sur moi, mais j'esquive le premier coup et je lui attrape le bras, le coinçant derrière lui tandis que mon autre bras serre son cou.

– Ça suffit !

La porte d'entrée s'ouvre, et Jaxson Monroe se précipite sur moi.

– Laisse-le partir !

Je jette Jayden sur Jaxson.

– Je ne suis pas là pour me battre.

– On aurait pourtant cru le contraire, dit Jaxson. Ses yeux clignent, et sa lèvre inférieure est serrée, inébranlable. Des tatouages couvrent ses avant-bras. Ce n'est pas une surprise pour un gars qui a servi dans l'armée.

– Qu'est-ce que tu veux ? demande-t-il.

– Gino DeLuca, ce nom te dit quelque chose ? demandé-je.

Bien sûr, ça lui dit quelque chose. Il serait idiot de ne pas connaître le second de l'homme qu'il a éliminé. Il m'a fait une faveur, en coupant la tête du serpent. Enfin, au sens figuré, bien sûr.

– Je ne nettoie pas ta merde. Quelle que soit la querelle entre les DeLuca et les Ricci, on reste en dehors de ça, dit Jaxson. Il fait signe à Jayden de rentrer dans le bureau.

Jaxson est le chef.

Intéressant.

Je savais que Jayden était nouveau dans l'équipe de sécurité. Il avait travaillé pour moi avant son implication avec ses anciens copains militaires. Je n'aurais jamais dû lui faire confiance, et voilà que je refaisais la même erreur.

– DeLuca continue de trafiquer des femmes. Peut-être des enfants.

Je n'ai aucune preuve qu'il fait du trafic d'enfants, mais je sais que sa fille était impliquée dans cette histoire, et si je peux atteindre Jaxson, tirer sur sa corde sensible et jouer avec ses émotions, alors peut-être qu'il me donnera les informations dont j'ai besoin.

La main droite de Jaxson se transforme en un poing serré à son côté. La gauche passe dans ses cheveux. J'ai déjà vu ce regard chez beaucoup d'hommes, mes hommes même. Il est partagé.

– Qu'est-ce que ça peut te faire ? Vous n'êtes pas tous les mêmes voyous de la mafia ? Jaxson s'approche.

Il n'a pas peur de moi.

Mais il devrait avoir peur.

– Je ne suis pas un saint, mais je ne pense pas que des femmes devraient être contraintes à la servitude sexuelle. Tu n'es pas d'accord avec moi ? demandé-je.

Bien sûr, il est d'accord avec moi. C'est un des bons gars. Ou du moins il prétend l'être. Il a probablement ses démons, comme nous tous.

Personne n'est vraiment un saint.

– Alors ? demandé-je, en attendant sa réponse.

– Qu'est-ce que tu veux, Dante ? Jaxson croise ses bras sur sa poitrine sur la défensive. Il ne s'est pas rapproché, mais il ne s'est pas non plus retourné pour retourner dans le bureau et me claquer la porte au nez.

Je considère que c'est une victoire jusqu'ici.

– Je sais de source sûre que Jayden a assisté à une de ces soirées. J'ai besoin de l'adresse.

Jaxson rit doucement.

– Tu es fou. Tu le sais ça ?

– On me l'a dit. Je hausse les épaules. Ça ne me donne pas moins envie d'avoir l'information. Alors ? Tu peux m'aider ou pas ?

J'essaie l'approche du gentil garçon - raisonner avec un homme intelligent et plein de quelque chose que je n'ai pas, l'éthique.

Ça a l'air de marcher.

– Sergio était celui qui a organisé la dernière vente aux enchères, mais il n'est plus en mesure de s'en occuper, dis-je.

Sergio est mort.

Je sais de source sûre que les gars de Tactique de l'Aigle se sont occupés de son cul. C'était une ordure, qui forçait les femmes à faire d'innombrables actes sexuels.

Je suis une autre sorte d'ordure. Sergio et moi, nous ne sommes pas taillés dans le même moule.

– Tu as une adresse ? demandé-je.

Je ne veux pas avoir l'air désespéré, mais avouons-le, je ne viendrais pas voir ces types si j'avais l'information.

Mes hommes pourraient-ils la trouver ?

Oui, mais cela prendrait du temps.

Du temps, je n'en ai pas beaucoup, vu que Nicole a des problèmes.

Pourquoi est-ce que je pense à elle ?

Elle est une distraction. Et ça devient un problème.

Les hommes comme Jaxson et Jayden se montrent peu enclins à respecter la loi. Je parie qu'ils ont probablement supprimé quelques dossiers compromettants et effacé quelques PV aussi.

– Jayden semble avoir ton numéro. Il t'enverra un SMS avec ce qu'on trouvera, dit Jaxson.

Bien. J'essaie de ne pas paraître trop excité.

– Ne reviens jamais ici, dit Jaxson en se dirigeant vers les marches de l'entrée du bâtiment. Ou je m'assurerai de te mettre une balle dans la tête avant que tu puisses frapper à la porte d'entrée.

8

NICOLE

L'ENCEINTE EST suffocante et viciée. L'air ne circule pas, et il fait une chaleur de plomb.

Il fait sombre, et le sol est même chaud, bien qu'il soit en béton. Il y a des barres qui nous gardent enfermées, faites de fer rouillé.

L'odeur m'a d'abord brûlé le nez en arrivant, mais maintenant je m'y suis habitué. On nous donne un seau pour pisser, et une fois par jour, un garde vient récupérer le bac en métal pour en vider le contenu.

La seule nourriture que l'on nous donne est du pain et de l'eau. Je dévore chaque morceau avant que les gardes n'aient le temps de penser à me le reprendre.

Le feraient-ils ? Ils n'ont certainement pas l'air de se soucier de nous. Ils ne nous regardent même pas.

Je suis ici depuis trois semaines.

Ou peut-être quatre.

Il n'y a pas de lumière du jour. Nous sommes gardés dans une sorte de cave. Nous sommes toutes arrivées avec des sacs sur la tête et des colliers autour du cou.

Le sac est enlevé.

Le collier reste toujours attaché.

Je ne dois pas parler à moins qu'on me le demande.

C'est l'une des règles. Il y en a des dizaines d'autres, mais la plupart du temps, on baisse la tête et on fait ce qu'on nous dit.

Diamond en a une longue liste, et si on la contrarie, si on lui désobéit ou si on la regarde de travers, j'ai appris que le collier autour de mon cou envoie une décharge électrique à travers mon corps.

Il s'avère que les autres filles sont reliées au même système.

Si l'une d'entre nous fait quoi que ce soit pour trahir Diamond ou les hommes qui nous ont enlevées, nous souffrons toutes ensemble.

Aujourd'hui est différent, et je ne sais pas pourquoi. Cela me fait peur.

Les filles ne savent pas qui est derrière leurs enlèvements.

Sept d'entre elles sont arrivées du Mexique et on leur a promis le passage en Amérique. Des coyotes.

Quatre filles sont des fugueuses. Elles ont à peine l'air d'être au lycée.

Ce sont de jeunes enfants, et ça me retourne l'estomac. J'ai envie de vomir, mais ça ne monte pas.

Les filles se serrent les unes contre les autres tandis que les hommes déverrouillent la grille et nous font sortir une par une.

Où nous emmènent-ils ?

Que veulent-ils faire de nous ?

On sait qu'il ne faut pas poser de questions. Si nous posons des questions, nous ressentons une douleur extrême qui nous fait nous jeter sauvagement sur le sol en béton.

Les colliers sont une condamnation à mort. Ou peut-être que le simple fait d'être ici entraînera la mort. Notre mort.

Je veux me battre.

Il n'y a plus de force en moi.

Les autres filles doivent ressentir la même chose. Dépossédées. Détruites. Brisées.

Un pied passe devant l'autre.

Il y a plus d'hommes armés, et nous sommes tirées de la cellule de prison et conduites en haut des escaliers en béton.

Les marches sont ébréchées et cassées. Vieilles et usées.

Où sommes-nous ?

Où allons-nous ?

Je suis au milieu de la file, et les plus jeunes filles sont à l'arrière. Si nous pouvions protéger les plus jeunes, nous le ferions, mais nous sommes toutes prisonnières ici.

Des hommes armés se tiennent en haut des escaliers. Ils sourient. Que savent-ils que nous ignorons ?

Ils nous conduisent dehors. La lumière du soleil est merveilleuse et chaude. Je veux m'enfuir, mais il y a une douzaine de gardes armés.

Nous sommes moins nombreuses et moins bien armés.

Dès que la porte se referme derrière nous, les armes sont pointées sur nous.

– Déshabillez-vous ! ordonne un des gardes.

Personne ne se déshabille.

Le collier s'électrise, et mes doigts s'agrippent à mon cou. Je ne peux pas l'enlever. C'est instinctif, mais ça n'aide pas à calmer la douleur.

Je suis sur le sol, la saleté à mes pieds nus.

Je convulse et je tremble.

La douleur est ma seule amie.

Je déteste cette vie.

Un jet d'eau froide agresse tous mes sens.

Je crie et réalise que le froid est agréable. Il me faut un moment pour comprendre ce qui se passe.

– Déshabillez-vous ! ordonne encore le garde.

À côté de moi, les filles se regardent toutes et lentement, méthodiquement, nous nous déshabillons.

Il n'y a pas de maisons aussi loin que l'on puisse voir. Le terrain est plat. Nous sommes dans la vallée, quelque part.

Ce qui veut dire que nous ne sommes pas à Breckenridge. Du moins, je ne pense pas que nous y soyons, mais je n'en suis pas sûre.

Le jet du tuyau d'arrosage cogne contre ma peau nue.

Le soleil est chaud et féroce. Le jet est agréable une fois que je me suis habituée au fait que les hommes nous regardent nues.

J'ai envie de leur crier dessus. Crier qu'ils sont tous une bande de connards malades, mais je sais que si je fais ça, le collier va me brûler le cou et blesser non seulement moi mais aussi les autres filles.

Quatre d'entre elles sont encore des enfants. Je ne regarde pas dans leur direction. Je ne peux pas.

C'est cruel.

Dégoûtant.

J'ai envie de vomir, mais je ne fais que trembler et haleter pour respirer.

Aussi vite que le jet nous atteint, c'est fini. La douche est terminée, si on peut l'appeler ainsi.

Les gardes nous ramènent à l'intérieur. Je jette un coup d'œil par-dessus mon épaule au monde extérieur et aux imposantes grilles métalliques qui entourent la propriété.

Même si je voulais m'enfuir et réussissais à ne pas me faire tirer dessus, le collier est toujours sur mon cou, et la barrière serait un obstacle.

– Bougez ! beugle le garde qui nous a aspergées.

Nous traversons le bâtiment en piétinant. On nous donne une serviette pour nous sécher et nettoyer nos pieds. Ils ne veulent pas que de la boue et de la saleté soient transportées dans la maison.

Ironique.

On nous conduit à l'intérieur du bâtiment au premier étage. C'est vieux et ça sent toujours le renfermé. Je suis reconnaissante qu'ils ne nous renvoient pas dans la prison du sous-sol.

Il y a du papier peint damassé bleu et blanc sur les murs. La moquette est pelucheuse mais usée.

Ça me rappelle une maison de retraite. Usé. Oubliée.

Qui vit ici ?

– Bougez ! aboie un des gardes. Il pointe le canon de son arme sur moi.

Je tremble, mon cœur s'emballe.

Il rit, ses yeux brillent d'excitation, et mon estomac se retourne.

Sait-il qui je suis ?

C'est pour cela qu'on m'a enlevée ? Les Ricci m'ont-ils enlevée ? Je ne sais pas à quoi ressemble Dante Ricci, mais je le soupçonne d'être derrière mon enlèvement et mon emprisonnement.

Qui d'autre pourrait être un tel monstre ?

S'ils veulent une rançon, Papa paiera pour ma liberté. Pas vrai ?

Ou est-ce un message pour blesser mon Papa ?

Les filles devant moi frissonnent et s'entourent de leurs bras. L'air est encore vicié, mais il fait étrangement plus frais au premier étage.

C'est peut-être parce qu'on est toutes trempées.

Les serviettes nous sont arrachées.

Nous sommes nues et à leur merci.

Les ventilateurs du plafond sont à fond, ils bourdonnent et tournent. C'est agréable contre ma peau.

– Les filles ! La voix de Diamond traverse la pièce. Par ici !

Elle mène le groupe. Je la vois maintenant, portant une robe rouge à sequins qui moule chaque centimètre de son corps. Elle a une silhouette de rêve.

Ça me rend presque jalouse.

Pour l'instant, je suis seulement jalouse qu'elle ait le contrôle et qu'elle nous ordonne d'obéir.

Diamond nous conduit dans une petite pièce. Les fenêtres sont ouvertes, mais des barres métalliques ont été soudées à l'intérieur. On ne peut pas s'échapper.

La porte se ferme derrière la dernière fille qui entre.

Un verrou s'enclenche.

Le même jeu, un autre endroit.

Nous sommes leurs prisonnières.

————

Mes yeux s'ouvrent dans un brouillard. J'ai été droguée. Je peux encore sentir les effets de l'injection dans mon corps.

Je frotte l'arrière de ma colonne vertébrale là où l'aiguille a percé ma peau. C'était après qu'ils nous aient habillées, coiffées et fait de nous des jouets.

Mais pour qui ?

Je suis habillée d'un fin déshabillé rose pâle et j'enroule instinctivement mes bras autour de moi. Les vêtements sont transparents et laissent peu à imaginer.

Je ne porte rien en dessous et je me redresse.

La pièce est sombre, à l'exception de la petite lumière au plafond.

Je suis exposée.

Mais pour qui ?

À travers ma vision trouble, j'aperçois une autre fille qui se fait harceler par un homme en costume. Il la force à s'asseoir sur ses genoux, et ses doigts passent dans ses cheveux roux.

Mon estomac se retourne. Je me lève. Je ne peux plus regarder ça sans faire quelque chose.

Dès que je suis debout, mes jambes se dérobent sous moi. Le velours de la cabine dans laquelle je suis installée amortit ma chute. Ce n'est pas le même endroit où j'avais été retenue sous la menace d'une arme.

Mes doigts effleurent le collier. Il est toujours là.

Pourquoi ai-je pensé qu'il aurait disparu ?

Je grimace en me remettant debout, déterminée à protéger les autres filles. La vérité est que j'ai tout autant besoin d'être protégée et sauvée. Papa ne va-t-il pas venir me sauver ?

Les taches devant mes yeux s'estompent, et je ramène mes jambes près de moi dans la cabine de velours.

Des hommes s'infiltrent dans la pièce sombre. C'est difficile de les voir, mais mes yeux s'adaptent à l'obscurité. Ou peut-être que ce qu'ils m'ont donné commence à se dissiper.

Je le vois avant même de réaliser que j'essaie de me lever. Je veux faire un geste vers lui pour qu'il m'aide, me sauve et me protège. Mais alors je réalise qu'il est comme les autres.

La honte m'enveloppe et me brûle en plein cœur. Daniel. Il travaille pour la famille Ricci. C'est la seule hypothèse que je peux faire, et c'est pourquoi je suis ici en tant que prisonnière.

De mon siège, j'observe la confrontation entre Daniel et ses hommes. Je ne peux pas entendre les mots échangés, mais ils semblent houleux. Ils ont aussi une arme pointée sur lui.

On dirait qu'il a énervé des gens importants.

Je me sens moins coupable d'avoir volé son 4x4 maintenant que je sais qu'il travaille pour un monstre : Dante Ricci.

Des cris et des bousculades, des paroles violentes sont lancées entre les deux hommes.

Daniel a véritablement énervé quelqu'un. Je soupire, essayant de regarder la dispute, quand Rafael se dirige vers moi.

Est-il ma grâce salvatrice ?

– Rafael ? Il travaille pour Papa. Il doit être là pour me sauver.

– Ferme-la, ordonne Rafael. Ton père sera bientôt là, et tu l'as déjà déçu. Ne le déçois pas davantage.

Quoi ?

Il tourne les talons et prend un verre à une serveuse qui vient avec des shots de quelque chose. J'aimerais pouvoir en boire un pour atténuer la douleur et retourner à l'état brumeux dans lequel j'étais tout à l'heure.

Les femmes qui se promènent en portant des plateaux de liqueurs portent des robes courtes à sequins bleu foncé. Elles portent toutes la même robe. Je suis presque sûre que si elles se penchent, j'aurais un aperçu de leurs atouts.

À la vue de Papa, mes yeux s'illuminent et je lui fais signe, espérant qu'il est venu pour abattre la famille Ricci une fois pour toutes.

– Papa ! crié-je à travers la pièce.

Il est habillé de façon élégante, et un cigare pend à ses lèvres. Il le retire assez longtemps pour donner un coup de poing à Daniel.

Ils échangent des mots houleux avant que Papa ne traverse la pièce en trombe et ne traverse un couloir éloigné. Je ne peux plus le voir.

N'a-t-il pas entendu mon cri ?

J'ai les larmes aux yeux. Le maquillage va sûrement couler, et je force sur le collier, voulant me débarrasser de ce satané cuir et métal. J'ai du mal à respirer, certaine que je m'étouffe et que le collier m'étrangle.

Des bruits de pas lourds se rapprochent.

– Occupez-vous d'elle, dit un homme en costume aux autres hommes.

Est-ce qu'ils parlent de moi ?

Daniel sort un billet de 100 dollars.

– Donnez-moi une heure avec elle, dit-il.

Il s'était placé derrière les autres hommes en costume qui s'étaient approchés. Je ne l'avais pas vu au début.

Peut-être que je ne voulais pas le voir.

Rafael arrache l'argent de ses doigts.

– Quatre cents pour vingt minutes.

Il tend la main, attendant que les billets supplémentaires soient déposés dans sa paume.

Daniel récupère son portefeuille dans sa poche et en sort une liasse de billets de 100.

– Une heure, il réaffirme qu'il m'achète pour la prochaine heure.

Pourquoi Rafael récupère-t-il l'argent ? Il travaille pour les Ricci ?

Où Daniel a-t-il trouvé cet argent ? Combien d'argent a-t-il encore dans son portefeuille ?

J'aurais peut-être dû prendre son portefeuille au lieu de ses clés de voiture. Il était trop tard maintenant pour revenir sur le passé.

Les autres hommes se dispersent, et Daniel reste debout devant moi, dominant et sombre.

Il a l'air énervé. Il a aussi un bleu sur sa joue. Les gars l'ont malmené.

Je ne comprends toujours pas ce qui se passe. Pourquoi Papa et Rafael étaient-ils ici ?

J'ai envie de m'enfuir. L'intensité de son regard, ses yeux plissés et sa façon de jeter de l'argent à Rafael me rendent nerveuse.

Qu'a-t-il l'intention de faire de moi ?

Je me soulève de la banquette de velours, mes jambes sont encore flageolantes, mais je commence à me tenir debout. Peut-être que je peux le contourner et courir vers la sortie.

Si seulement je savais où se trouve la sortie, et si je ne portais pas ce stupide collier.

– Assieds-toi.

Ses mots durs provoquent un frisson qui parcourt mon corps.

Il a l'air en colère contre moi. C'est probablement parce que j'ai volé son 4x4. Qui diable est-il ? Comment a-t-il autant d'argent ?

Les capos s'en sortent bien, mais ils ne jettent pas l'argent par les fenêtres comme Daniel a dû le faire pour acheter mon temps.

Je frissonne. Qu'allait-il me faire pour l'avoir volé ?

S'il est avec la famille Ricci, alors j'ai de sérieux problèmes.

– Daniel, je chuchote.

Comment puis-je ne pas être surprise de le voir ? J'essaie d'adoucir ma voix et d'avoir l'air moins vicieuse que je ne le suis.

– C'est Dante, dit-il en me corrigeant. Dante Ricci.

9

DANTE

ÇA A ÉTÉ l'enfer d'essayer d'entrer à la fête. Les DeLuca ne voulaient pas que je participe à la soirée, et bien que je n'aie pas d'invitation, j'espérais qu'ils accepteraient un petit billet.

Bon sang, que j'avais tort. Le soldat qui gardait l'entrée m'a reconnu dès que j'ai mis le pied à l'intérieur.

Avec un pistolet pointé derrière ma tête, il a alerté Rafael de ma présence, ce qui a fait sortir Gino pour me dire de partir.

Le problème est que je ne reçois pas très bien les ordres.

Surtout venant d'un voyou comme Gino.

Après s'être disputés et avoir reçu quelques coups au visage et à la poitrine, les garçons ont décidé de me laisser rester dans le coin pour prendre mon fric.

Un regard sur elle, dans cet ensemble rose transparent, et ma bite durcit.

Putain.

Je ne veux pas penser à elle. Pas comme ça, et certainement pas maintenant.

Elle a l'air craintive et inquiète que je puisse la trahir. Elle n'a aucune idée de ce dont je suis capable et de ce que j'ai fait.

Elle a un collier autour du cou. Il est en cuir sur les bords et en métal au centre. J'ai vu quelque chose de similaire utilisé pour contrôler des prisonniers et je suppose que c'est une sorte d'appareil de torture.

Je me sens presque mal pour elle.

Presque.

Elle m'a volé.

Personne ne vole Don Ricci. Jamais.

Elle m'a fait passer pour un idiot devant mon second, Moreno. Heureusement, il a gardé ce qui s'est passé pour lui, et on n'en a plus jamais parlé. Enfin, presque jamais.

Est-ce qu'elle sait que la police a débarqué chez moi ?

Elle a amené les putains de flics chez moi !

– Assieds-toi, je lui ordonne.

Il n'y a aucun endroit où elle peut courir ou fuir. Des dizaines d'hommes de DeLuca contrôlent le bâtiment. Mes hommes sont en attente à l'extérieur du périmètre, au cas où je n'en sortirais pas vivant. Ils ont des ordres.

Elle frissonne comme si elle avait froid. C'est impossible de ne pas laisser mon regard parcourir son corps. Ses tétons roses sont durs et froncés à travers le tissu fin et fragile.

Je ne veux pas la fixer. Je n'ai aucune envie d'être comme les hommes ici, qui veulent goûter à la chair pour quelques dollars.

Je n'ai jamais eu besoin de payer pour du sexe. Et ces femmes ne sont pas des prostituées, cela impliquerait qu'il y avait consentement de leur part.

Ce sont des prisonnières.

– Daniel.

Le doux murmure de Nicole et ses longs cils me regardent tandis qu'elle s'assoit sur la banquette.

J'essaie de ne pas laisser ma tête s'embrouiller avec les souvenirs de la dernière fois où nous étions ensemble dans un box. Son corps se tortillant au-dessus du mien, serrant ma queue dure.

La pièce semble plus chaude de plusieurs degrés. Ont-ils monté le chauffage à fond ici ?

– C'est Dante, je dis. Mon regard ne vacille pas, ne faiblit pas. Dante Ricci.

Elle mérite de connaître le nom de l'homme qui a l'intention de l'acheter. J'ai payé pour vingt minutes avec elle, mais j'ai bien l'intention de repartir avec elle, quel qu'en soit le prix.

Elle a les yeux écarquillés, comme une biche, et j'en profite pour m'asseoir à côté d'elle. Je pose une main sur sa cuisse, elle se fige et retient sa respiration.

Je ne veux pas être le monstre que je suis. Elle connaît mon nom. Elle a peur de moi et pour une bonne raison, mais réalise-t-elle à quel point son père est horrible et ce qu'il était prêt à faire pour lui donner une leçon ?

Ce n'est pas le moment. Il y a probablement des caméras et une surveillance audio.

Je dois faire attention. C'est peut-être une mission suicide, la sauver, mais je n'ai pas l'intention de finir mort.

– Pourquoi fais-tu ça ? balbutie-t-elle.

Je fronce les sourcils, confus par sa question. Avec un lourd soupir, je réalise qu'elle n'a probablement aucune idée que je suis ici pour la sauver.

Je ne suis pas l'animal qui garde les femmes enfermées dans des cages.

Je saisis son menton et la force à plonger son regard dans mon regard glacial.

Nous ne sommes pas seuls. Les hommes de DeLuca pourraient rapidement l'arracher de mes griffes s'ils voulaient me punir.

Dire que je suis surpris que son père, le chef de la famille DeLuca, le Don, ne m'ait pas empêché de poser mes mains sur sa fille est une pensée encore plus dérangeante.

Quel genre d'homme ne protégerait pas sa fille ?

Sa chair et son sang ?

– Je vais te posséder, Chaton, dis-je.

Elle déglutit et serre les lèvres, les tournant vers l'intérieur.

Elle n'a rien à me dire ? Même après avoir volé mon pick-up ?

Son regard passe derrière moi. Elle cherche probablement de l'aide, mais personne ne viendra la sauver.

Je suis tout ce qu'elle a. Je suis son chevalier, mais je ne suis pas ici pour partir ensemble vers le soleil couchant. Je vais la prendre avec moi, l'amener dans mon château et la protéger de son père, même si cela signifie l'enfermer comme Raiponce.

Sa voix est un couinement, douce et incertaine.

– Je ne suis pas de celles qu'on possède, dit-elle.

– Tu es à moi, râlé-je et je pose mes lèvres avec force sur les siennes, lui rappelant cette soirée passée ensemble alors que nous étions deux inconnus et que nous ne savions pas la vérité.

Enfin, elle était la seule qui ne savait pas. Je l'ai cueillie comme la fleur délicate qu'elle est, et maintenant je vais l'écraser.

La fille de mon ennemi est à moi.

10

NICOLE

JE NE DEVRAIS PAS VOULOIR ÊTRE à lui, à Dante Ricci, mais la façon dont il prend les commandes me ramène à cette nuit ensemble, tous les deux au bar.

Savait-il qui j'étais cette nuit-là quand on s'est rencontrés ?

Je sursaute quand il m'attrape, assume son autorité, et me rappelle que je ne suis rien sans lui.

Juste un jouet.

C'est tout ce que ces hommes pensent de moi, un objet sexuel.

Ça me dégoûte.

Il plaque ses lèvres sur les miennes et je le mords. Ce bâtard l'a bien mérité.

Je goûte le goût métallique du sang. J'ai percé sa lèvre. Rien d'anodin.

Dante se retire du baiser, amène son pouce pour effleurer sa lèvre, et révèle les dégâts que j'ai causés.

Je m'attends à ce qu'il me gifle, m'étrangle, peut-être même me tue.

Une décharge électrique me frappe à partir du collier autour de mon cou. Ma punition envoie mon corps sur le sol de la banquette. Je serre mon cou, la mâchoire serrée et les dents qui grincent les unes contre les autres.

– Assez ! beugle Dante dans la pièce.

La douleur s'atténue doucement, mais l'électricité est coupée, pour l'instant.

Je cligne des yeux larmoyants. Est-ce que les autres filles ont souffert à cause de ce que j'ai fait ? Je crains trop de jeter un coup d'œil dans la pièce et de découvrir que je suis à blâmer.

Il me tire sur ses genoux.

– J'ai payé cher pour toi, dit Dante. Sa voix est forte, comme s'il se vantait que je suis son prix pour le moment.

Qu'est-ce qu'il essaie de prouver ?

Son souffle me chatouille l'oreille alors qu'il se penche et effleure les mèches de cheveux derrière mon oreille. Je frissonne à son toucher.

Est-ce qu'il le remarque ?

Mon estomac se retourne à son souffle. Il est chaud et invitant.

– Chaton, regarde autour de toi, dit-il, et avec sa main sur ma mâchoire, il tourne lentement ma tête.

Je jette un coup d'œil dans la pièce. Les filles font des lap dances ou des fellations. Même deux d'entre elles baisent les hommes, les chevauchant comme des étalons. C'est complètement public. Il n'y a même pas un semblant d'intimité.

Que veut-il que je fasse ? Je refuse de me mettre à genoux pour lui ou de le baiser.

Je ne savais pas qui il était au bar quand on s'est rencontrés. Maintenant que je sais que c'est un animal, je ne céderai pas à ses exigences.

– Non, je dis, en le fixant. Je t'ai offert ton coup au bar. Je ne te baiserai plus jamais.

Si j'avais su qui il était, je ne l'aurais pas touché.

Était-ce le prix à payer pour cet acte ? Peut-être que c'était parce que j'avais volé son 4x4.

– Tu le feras, dit Dante. Mais pas ici. Pas ce soir.

Ses yeux sont sombres mais brillent d'hilarité quand il écrase mes lèvres avec les siennes et me tire sur ses genoux.

C'est sa faute si je suis ici. J'en suis certaine. C'est son club.

Je le déteste pour ça, l'enlèvement, l'humiliation, la façon dont ses hommes traitent les autres filles et moi. Certaines d'entre elles sont des enfants.

– Je ne te baiserai plus jamais, dis-je, mes mots dégoulinant de venin.

Il m'adresse un sourire narquois.

– Jamais, c'est long, Chaton.

Je déteste le surnom qu'il m'a donné. C'est mignon et enfantin.

Dante n'est ni l'un ni l'autre.

Il me regarde mais il est distrait.

De temps en temps, il jette un coup d'œil aux hommes, mais ses mains sont sur mes hanches, fermes.

Je jette un coup d'œil dans la direction où il concentre son attention, mais je ne vois personne. Il fait sombre, et il y a des ombres partout. Des silhouettes d'hommes qui errent dans la grande pièce faiblement éclairée.

Est-ce qu'il cherche quelqu'un ?

– Tu es un monstre. Enlever des femmes et des enfants pour les faire défiler et les vendre pour quelques minutes de divertissement. C'est répugnant.

Il ouvre la bouche mais la referme.

– Le chat a ta langue ? La stupéfaction l'envahit. Ouais, c'est ce que je pensais.

Je l'ai rendu sans voix.

– Je pourrais vous détruire, toi et ton père. Démolir l'empire tout entier qu'il a créé, dit Dante.

J'essaie de réprimer un frisson qui parcourt mon corps involontairement à ses mots.

– Vas-y, essaie, dis-je, en osant le mettre au défi de passer à l'action.

Papa ne laisserait pas quelque chose m'arriver, n'est-ce pas ?

Dans l'obscurité, il y a plusieurs paires d'yeux qui nous observent. Nous sommes surveillés. C'est Papa ou les hommes de Dante ?

– Pourquoi moi ? demandé-je.

Dante refuse de répondre à ma question.

Ses doigts glissent de mes hanches à l'ourlet de la robe et effleurent mes fesses.

J'inspire brusquement à son toucher. Ces hommes attendent quelque chose.

Dante n'est pas différent.

Des dizaines de questions tournent dans ma tête, mais tout ce que j'ai gagné, c'est son silence.

Est-ce que c'est à cause du 4x4 que j'ai volé ?

Ses doigts effleurent mon cou, et il tire ma tête sur le côté, lui donnant un meilleur accès.

Les bouts de ses doigts grattent ma gorge. Il est doux, pas du tout comme j'aurais pu imaginer que Dante Ricci, le chef de la famille Ricci, le soit. J'attends qu'il m'étrangle, me blesse, me tue.

Quelque chose ne va pas.

Il est bizarre. Pas lui-même.

Je fixe ses yeux noirs comme deux morceaux de charbon, et je me sens attirée, prise corps et âme.

Qu'est-ce qu'il a de particulier ?

Ses lèvres descendent sur ma bouche, dures et rugueuses. Il a une main sur ma mâchoire, me positionnant comme il le veut, me tenant, me revendiquant.

Cette fois, je ne le mords pas.

Je cède à la noirceur et à la tentation.

Mes lèvres s'entrouvrent et je lui donne accès.

Je ne devrais pas vouloir ça. Je devrais le détester.

Je le déteste.

Je le méprise, en fait, mais c'est Dante Ricci, et il obtient tout ce qu'il veut.

Ce qu'il veut, c'est moi.

Ses doigts tracent un chemin rêche sur ma hanche, et je me soulève juste assez pour le laisser me toucher s'il ose le faire.

C'est ce que je veux. Pour la première fois depuis des jours, je me sens vivante et il y a une étincelle d'espoir. Mais je suis en conflit avec le fait que Dante soit celui qui m'apporte cette lumière dans l'obscurité.

La haine me brûle, et sa main se promène de façon taquine le long de mes cuisses et jusqu'à mon centre douloureux.

Il ne me donne pas ce que je veux.

Pourquoi le ferait-il ?

Dante a payé pour son plaisir, pas pour le mien.

Ses mains poussent brutalement mes hanches sur ses genoux. Il est brutal et pas le moins du monde doux. Le souffle de Dante caresse mon cou alors qu'il chuchote à mon oreille :

– Ne t'avise pas de jouir, Chaton.

11

DANTE

MON TEMPS EST ÉCOULÉ. Une heure est passée à toute vitesse et je me rappelle qu'elle n'est plus à moi pour une minute de plus.

– Je l'achète maintenant, pour toute la nuit, dis-je.

Il y a un air de désespoir derrière ses yeux ambrés. Elle ne peut pas me supplier de rester, mais si elle le pouvait, elle serait à quatre pattes en ce moment même.

Je l'ai allumée, et c'est tout ce que je lui ai demandé de faire pour moi.

N'importe quel autre homme l'aurait forcée à lui faire une fellation et aurait enfoncé sa bite dure dans sa gorge jusqu'à ce qu'elle s'étouffe.

Je peux voir la peur derrière ces reflets dorés de miel, et sa main est serrée sur ma cuisse. Ses ongles sont pointus. Je suis surpris qu'aucun des hommes n'ait de coupures dues à sa riposte.

Nicole semble être une battante, et quelque chose me dit que le feu n'a pas encore été éteint en elle.

Je tapote sa cuisse et la guide de mes genoux vers la banquette. Le tissu est du velours écrasé. Il est doux et caresse probablement son dos nu.

Je veux désespérément toucher sa fente, découvrir l'éclat du désir scintillant qui s'accumule entre ses cuisses. Il est, après tout, que pour moi.

Les hommes de cette soirée sont des créatures viles et dégoûtantes.

Je me sens comme une merde rien qu'en étant ici.

Mais je ne peux pas laisser mon objectif changer.

Je dois protéger Nicole. Si ce n'est pas pour elle, alors pour la famille Ricci. Elle est ma monnaie d'échange.

Après l'avoir mise sur la banquette, je sors, voulant parler aux hommes de DeLuca. Je fais un geste pour qu'elle reste.

– Personne ne la touche, j'exige.

Le grand type, qui n'est pas si grand que ça mais plutôt large, fait signe à ses patrons de venir. Rafael s'approche.

– Encore toi ? Rafael dit. Quoi encore ?

Il ne fait même pas semblant d'être heureux de me voir.

Pourquoi le serait-il ? Nous sommes ennemis.

– Combien pour acheter le corbeau entièrement ? dis-je.

Je montre Nicole du doigt. Nous sommes assez loin pour qu'elle ne puisse pas entendre notre conversation. C'est comme ça que ça doit être.

Je fais semblant de ne pas savoir qu'elle est la fille de Don DeLuca, ni même que je connais son nom. C'est mieux s'ils pensent que je m'en fous.

Sauf que je ne peux pas les tromper quand je demande que personne d'autre ne puisse mettre la main sur elle.

Rafael renifle d'indignation.

– Tu es fou. Elle n'est pas à vendre. A moins que tu ne prévoies de l'épouser, les acheteurs peuvent choisir leur épouse pour un prix élevé. Nous aimons penser que c'est de l'entremise. Nous aidons à faciliter les arrangements des mariages. Il sourit avec un sourire édenté. Le fisc a moins de problèmes avec ça aussi. Nous sommes une agence matrimoniale.

Mon estomac se retourne à cause du dégoût pour Rafael et les hommes qui dirigent cet endroit.

Gino DeLuca envisageait-il vraiment de vendre sa fille à un homme pour l'épouser ?

Putain.

Peu importe le prix. Je ne laisserai personne d'autre la prendre chez lui.

Elle est à moi.

– Est-ce que 100 000 $ suffiront ?

Bien que je n'aie pas une telle somme en liquide, je peux facilement leur transférer les fonds en crypto monnaie. Je suis sûr qu'ils ne s'y opposeront pas.

– Je vais parler au patron.

– Fais donc ça.

Je croise les bras sur ma poitrine et j'attends le retour de Rafael.

Gino sort de l'ombre.

Depuis combien de temps est-il caché dans l'obscurité de la pièce ? Je ne l'avais pas vu. M'avait-il observé avec sa fille ?

Ses narines se dilatent alors qu'il s'approche. Il est plus petit de quelques centimètres mais plus costaud.

Gino est aussi assez vieux pour être mon père. Il a le visage marqué, les yeux d'un marron profond et les cheveux épais mais visiblement teints. Ses sourcils touffus sont poivre et sel, tandis que ses cheveux sont aussi sombres que la pièce. Il se fond dans l'ombre.

Il me fait signe de m'approcher et baisse la voix.

Cette conversation est juste entre nous deux. Ses hommes ne peuvent pas nous entendre, et Nicole non plus.

– Sais-tu qui elle est ? demande Gino. Il tourne la tête pour plisser les yeux dans la direction de sa fille. Elle est de mon sang.

– J'ai offert cent mille dollars à ton homme pour elle. Pourquoi l'amener ici si tu n'as pas l'intention de la vendre ? demandé-je.

Sa mâchoire est serrée et tordue alors qu'il grince des dents.

Ai-je dit quelque chose qui l'a mis en colère ?

Je sais pourquoi elle est ici. C'est pour lui donner une leçon. Il est en colère. C'est sa façon de la contrôler.

C'est malade et tordu.

Je suis peut-être un monstre, mais je ne suis pas un animal. Pas comme lui.

Gino s'éclaircit la gorge. Il ne jette même pas un regard à sa fille.

– Pour le double, tu peux l'avoir, mais tu dois savoir qu'elle est fiancée. Son futur mari va venir la chercher. Le seul moyen de rompre cette alliance est d'avoir l'intention de l'épouser.

Je ravale la boule dans ma gorge.

Mariage ?

Gino doit se foutre de moi.

– Tu veux que j'épouse ta fille ?

Il doit y avoir un truc.

Est-ce que Gino essaie d'obtenir des informations sur ma famille et mes hommes ? Est-ce qu'il utiliserait Nicole pour obtenir des renseignements ?

Je n'ai pas l'intention de me marier, jamais. Les relations amoureuses sont une distraction et une faiblesse.

Le sexe n'impliquait aucune condition ni complication, rien qui puisse me détourner de mes responsabilités envers la famille et l'entreprise.

Et alors que j'avais voulu ruiner Nicole et détruire Gino, l'épouser semblait être un problème bien plus compliqué qu'une solution.

– Considère ceci comme un témoignage de ma gratitude que tu restes en dehors de cette affaire. Et sois bien conscient que je ne veux plus jamais te voir, toi ou tes hommes, à ma petite soirée, plus jamais, grogne Gino.

Ça ne colle toujours pas. Je ne peux pas croire que c'est vraiment une question d'argent, pas avec sa fille.

– Une autre chose, dit Gino. Il me fait signe de me pencher plus près.

J'hésite, mais je ne pense pas qu'il va me tuer maintenant, surtout qu'il en avait l'occasion plus tôt lorsque je me suis présenté à l'événement.

– Ma fille ne doit jamais savoir que j'étais derrière son enlèvement et ce club. Si tu lui dis, je vous tue tous les deux moi-même. Maintenant, avons-nous un marché ?

Je peux vivre avec l'idée qu'elle pense que je suis derrière son enlèvement et que je suis le monstre. Au moins, elle sera en sécurité. Je sauve une fille ce soir.

12

NICOLE

DANTE M'ESCORTE hors des locaux et dans son véhicule à proximité. Inutile de dire que ce n'est pas son 4x4.

Avec une prise ferme sur mon avant-bras, il ouvre la porte et me pousse à l'intérieur.

Je trébuche dans la voiture de sport. Elle sent le neuf et semble propre et brillante de l'extérieur.

L'a-t-il achetée aujourd'hui parce que j'ai volé son pick-up ? Ou bien ce véhicule est-il resté intact parce que c'est un riche salaud qui a trop d'argent en poche ?

Honnêtement, cet homme me terrifie. Je ne veux pas aller avec lui, mais il ne semble jamais y avoir de choix. Du moins pas pour moi.

Dante s'accroupit et se penche dans la voiture. Il attrape la ceinture de sécurité et la tend sur mes genoux, l'attachant à ma place.

– Je ne veux pas qu'il arrive quoi que ce soit à mon précieux chargement, dit-il.

– Je ne suis pas un bagage, lâché-je.

Il recule et claque la portière du côté passager.

Dante se dépêche de faire le tour et se glisse à l'intérieur. Il y a juste assez de place pour nous deux dans la voiture. Il a dû venir seul.

– Tu ne manqueras pas à tes hommes ?

Le silence me répond.

Je jette un regard en arrière sur le bâtiment en briques avec des dizaines de véhicules garés devant. Mes doigts effleurent mon cou, et j'exhale un lourd soupir jubilatoire. Le collier a disparu.

Dante a retiré l'épais collier de cuir de mon cou et a laissé l'appareil sur la banquette.

Je peux enfin respirer.

Mais je ne suis pas libre.

Du moins, pas encore.

Dante appuie sur la pédale d'accélérateur et le véhicule part en avant, les pneus tournent et soulèvent de la poussière et de la saleté. Je n'ai pas besoin de demander où il m'emmène.

Je me doute déjà que je vais chez lui, dans sa tanière privée. Mais je ne sais pas où c'est exactement. Quelque part en ville, je suppose.

Il garde ses mains pour lui sur la route.

De temps en temps, je sens son regard sévère se poser sur moi. Combien de torture vais-je encore devoir endurer parce que j'ai volé son pick-up ?

Le véhicule tourne dans les virages alors que nous montons la montagne. Il y a de l'herbe sur ma droite. Si je peux sortir de la voiture, je peux peut-être m'échapper, à condition de ne pas tomber dans le fossé.

Ce doit être un meilleur destin.

Je tire sur la poignée de la portière, et elle s'ouvre.

Dante tend un bras pour m'attraper et me retenir pendant qu'il freine à fond et actionne le frein d'urgence.

Nous nous arrêtons brutalement.

Nous tendons tous les deux la main vers la ceinture de sécurité.

Dante essaie de m'arrêter, mais mes mains sont minuscules, et avec la portière déjà ouverte, j'ai un avantage.

Je détache la ceinture et plonge hors de la voiture ouverte vers la forêt.

Ce n'est que quelques secondes plus tard que je l'entends me courir après.

– Nicole ! crie-t-il, et le bruit de ses chaussures crissant sur le gravier.

Je glisse dans le fossé, en faisant de mon mieux pour garder mon équilibre, mais c'est plus rapide que prévu.

Je perds l'équilibre et trébuche sur mes pieds, roulant, dégringolant et tombant sur plusieurs mètres jusqu'à ce que je heurte quelque chose de dur et de pointu.

Ma tête me lance, mon estomac me fait mal, et je vois double.

Je me redresse pour me mettre debout, mais Dante est sur moi avant que je puisse me lever.

– Tu ne vas nulle part sans moi, dit-il et il me prend dans ses bras.

Je veux lutter contre lui et crier.

Mes supplications sont douces, minuscules, et pratiquement inexistantes.

Peut-il entendre mes supplications pour de l'aide ?

Je marmonne de façon incohérente alors qu'il me porte jusqu'à sa voiture et m'assoit sur le siège passager.

Dante émet un lourd soupir.

– Tu ne peux pas rendre ça facile, n'est-ce pas ? demande-t-il.

Je ne sais pas de quoi il parle.

Ma vision se trouble.

Il ouvre la boîte à gants et me tire les bras derrière le dos. Je sens le métal glacé des menottes s'enfoncer dans ma chair.

– Tu vas les porter jusqu'à ce que je puisse te faire confiance, dit Dante.

Il claque la porte de la voiture.

Il n'y a aucun moyen de s'échapper. Je suis à sa merci.

13

DANTE

LA MORVEUSE ne pouvait pas se détendre et rester calme pendant le trajet en voiture jusqu'à la résidence. Je ne m'attendais pas à ce qu'elle soit ravie de venir avec moi, mais s'échapper demandait beaucoup de courage.

Je ne lui fais pas confiance pour lui dire mon plan. Tout ce que j'avais prévu, c'était d'acheter sa liberté, de l'éloigner de son père psychotique, puis de la conduire à la station de bus la plus proche.

Elle portait toujours ce déshabillé rose transparent. Gino n'avait même pas donné à la fille un peignoir pour se changer.

Nicole avait besoin de vêtements. On peut s'arrêter chez moi, lui trouver quelque chose de convenable à porter, et ensuite je peux demander à un de mes hommes de la conduire hors de la ville.

C'était mon plan jusqu'à ce qu'elle ouvre la porte de la voiture et s'enfuie à pied.

Peut-être que je n'aurais pas dû la poursuivre. Mais qu'est-ce que je pouvais faire, la laisser rentrer chez elle ?

Ça nous ferait tuer tous les deux.

Je dois la ramener à la maison, nettoyer et panser ses blessures. Avec un peu de chance, elle n'a pas de commotion cérébrale.

– Reste réveillée, ordonné-je.

Ses paupières s'ouvrent et elle grogne. Je ne sais pas si elle émet des bruits parce qu'elle se sent malade ou suite à sa chute sur le flanc de la montagne.

Je doute qu'elle me dise la vérité si je lui demandais.

Et ces menottes sont une vraie plaie à porter. Je me sens presque mal, mais je ne peux pas prendre le risque qu'elle essaie à nouveau de s'échapper.

Toutes les quelques secondes, je la regarde du coin de l'œil, et je continue à monter la montagne jusqu'à chez moi.

C'est isolé, hors des chemins balisés, et c'est un refuge.

C'est moins formel et tape-à-l'œil que la propriété de mon prédécesseur.

Je n'ai pas besoin d'attirer l'attention sur moi ou sur la famille, surtout de la part des autorités. Ils nous surveillent et attendent qu'on commette une erreur.

Je ne suis pas un idiot. J'ai des ennemis qui donneraient tout ce qu'ils peuvent pour mettre notre famille hors-jeu.

Amener Nicole chez moi est un risque. Je devrais la déposer à la station de bus avec un aller simple pour la côte est, et je le ferai, mais elle est blessée et fatiguée.

J'ai des hommes qui peuvent s'occuper d'elle, un médecin qui peut s'assurer qu'elle est en bonne santé avant de l'envoyer ailleurs.

Demain, je n'aurai plus jamais à la voir.

C'est juste une nuit avec elle chez moi. Combien de problèmes une fille peut-elle causer ?

14

NICOLE

- TU PEUX m'enlever les menottes s'il te plaît ? Je promets que je n'essaierai plus de m'enfuir, dis-je.

Il ne me répond pas.

Nous nous sommes garés en face de la maison de Dante.

Elle est belle à l'extérieur, vieille et grande. Je suis surprise que ce soit une cabane en rondins, mais elle est énorme. Elle s'étend facilement sur deux propriétés dans une zone résidentielle classique.

Cependant, il ne vit pas en ville ou en banlieue.

Nous sommes dans la nature sauvage. Dante possède probablement des centaines d'hectares.

Les fenêtres sont sombres mais faites de verre qui va du sol au plafond le long de l'entrée donnant sur la route.

C'est serein et paisible et offre un faux sentiment de sécurité.

Il n'y a rien de paisible ou de calme chez Dante.

Il m'a kidnappé, acheté, et maintenant menotté alors qu'il me traîne chez lui.

Est-ce qu'il prévoit de me faire défiler devant son personnel ?

Dante me fait sortir de la voiture, sa main sur mon bras alors qu'il me guide vers le haut des marches et autour du porche enveloppant jusqu'à l'entrée.

– Qu'est-ce qu'il y a en bas ? demandé-je alors qu'il déverrouille la porte.

Dante soupire et allume la lumière. Il me tire à l'intérieur de la maison et me fait tourner pendant qu'il désarme puis réactive l'alarme, sans me laisser voir le code.

Le même homme avec qui j'ai vu Dante au bar cette nuit-là s'avance vers nous. Il a un nez tordu, quelque chose que je n'avais pas remarqué de loin. Il nous sourit chaleureusement à tous les deux.

– Patron.

– Qu'est-ce qu'il y a, Moreno ? demande Dante, d'un ton sec. Il sonne tout à fait comme je me sens, fatigué, épuisé, et prêt à dormir pour le prochain siècle.

Dante me pousse vers Moreno.

– Emmène-la en haut, montre-lui les appartements pour les invités. Je vais appeler le docteur et voir si je peux le faire venir ce soir.

– Ce soir ? demande Moreno, en regardant l'horloge sur le mur.

– Oui. Elle a fait une mauvaise chute, et je veux m'assurer qu'elle va bien, dit-il. Je vais appeler de mon bureau. Assure-toi qu'elle a tout ce dont elle a besoin pour ce soir.

Mes mains sont toujours attachées derrière mon dos. C'est pour le moins inconfortable, et après avoir dévalé le flanc de la montagne, mon épaule est un peu sensible aussi. J'ai quelques bosses et des bleus, mais ma vue est meilleure que tout à l'heure.

– Bien sûr, patron, dit Moreno.

Dante part dans le couloir, et on me fait monter un autre escalier.

– Par ici, dit Moreno. Il prend mon bras pour me guider en haut des marches et dans le long couloir. A gauche, il y a un balcon qui surplombe l'entrée. A droite, les portes sont toutes fermées.

Après le balcon, il y a quatre autres portes sur la gauche. Moreno ouvre la deuxième porte sur la gauche et me conduit à l'intérieur.

Une fois à l'intérieur, il prend un trousseau de clés et me fait signe de me retourner.

Je pousse un soupir de soulagement lorsqu'il enlève les menottes que Dante m'a mises aux poignets. Si le collier avait été bien pire, les menottes n'étaient pas vraiment agréables non plus.

– Merci, dis-je en ramenant mes bras devant moi. Je frotte les marques rouges et grimace.

Moreno fronce les sourcils mais ne dit rien. Il traverse la pièce et ouvre la porte adjacente.

– La salle de bains est derrière cette porte. Il y a des serviettes propres accrochées au crochet contre le mur si vous voulez vous laver avant de vous coucher.

J'ai effectivement envie de prendre une douche, de me débarrasser de la crasse qui recouvre mon corps, mais je crains que Dante ne décide de m'accompagner au lit.

Si je suis dégoûtante, il ne voudra pas me rejoindre. N'est-ce pas ?

– Vous avez faim ? Voulez-vous que je demande au personnel de vous préparer quelque chose à manger ?

Je secoue la tête pour dire non et je grimace. Le mouvement me retourne l'estomac. Je me précipite vers la salle de bain, j'ouvre d'un coup sec le couvercle des toilettes et j'expulse le contenu de mon estomac à l'intérieur. Il n'y a pas grand-chose à vomir, à part du pain et de l'eau.

Moreno sort de la pièce et j'entends le clic du verrou de la porte.

Je tire la chasse d'eau, me rince la bouche avec de l'eau et sort de la salle de bains. Je tourne la poignée de la porte de la chambre, mais elle ne bouge pas.

Il m'a enfermé à l'intérieur.

Génial.

D'une cage à une autre. C'est la même chose, juste une prison différente.

————

Je suis fatiguée et sale. Je ne prends pas de douche. Je me glisse sous les couvertures et j'éteins la lampe de chevet.

Juste au moment où je pense que je vais enfin m'endormir, on frappe bruyamment et avec force à la porte, et le verrou s'ouvre.

Dante appuie sur l'interrupteur mural, et la lumière du ventilateur illumine la chambre.

Je plisse les yeux et les couvre en m'asseyant.

– Qu'est-ce qui ne peut pas attendre demain matin ?

Je suis grognon quand je suis fatiguée, et cela fait des jours que je n'ai pas dormi une nuit entière, et encore moins dans un lit chaud et douillet.

Au moins, cette prison, je pourrais m'y habituer. Pas que je le veuille, mais c'est confortable.

Est-ce une forme de torture ou une méthode d'interrogation ? Est-ce qu'il me prive intentionnellement de sommeil ?

– Le docteur Blake Reiss est ici pour t'examiner après la mauvaise chute que tu as fait ce soir, dit Dante.

Je ne réponds pas à Dante. Il a probablement le docteur dans sa poche et ils sont amis.

– Je vais attendre dehors, dit Dante et se dirige vers la porte.

– Attends !

Je ne suis pas sûre de savoir pourquoi je l'empêche de partir. Si je ne fais pas confiance à Dante, je fais encore moins confiance à ce docteur.

Les sourcils de Dante se froncent alors qu'il avance dans la pièce et s'approche du lit.

J'inspire un souffle vif et nerveux. Ma respiration se bloque légèrement, et il vient s'asseoir sur le bord du matelas à côté de moi.

– Je resterai ici si cela peut te mettre plus à l'aise, mais je peux t'assurer que le Dr Reiss est un excellent médecin. Il s'occupera bien de toi, Nicole.

C'est la première fois qu'il dit mon prénom ce soir. Au club, j'étais chaton pour lui.

Mon souffle se bloque dans ma gorge avec un léger sanglot. Je suis émotive, une épave, et définitivement trop fatiguée. Les larmes brouillent ma vision.

– Je préfère Nikki, dis-je, le corrigeant.

– Bien sûr, dit Dante. Il pose doucement une main sur ma jambe, qui est enfouie sous la couverture.

Le médecin s'approche et sort une lampe-stylo, vérifiant mes pupilles, ma vue, puis mes réflexes. Je ne sais pas s'il est inquiet ou si son visage est simplement impassible. Il ne donne aucune indication si tout va bien ou si je suis en train de mourir.

– Et vous avez vomi ? demande le Dr Reiss. Quand avez-vous eu vos dernières règles ?

Je lance un regard furieux à Dante. Son collègue Moreno a dû lui dire que j'avais vomi tout à l'heure.

– Je ne sais pas. Je n'ai jamais été très régulière.

Le médecin ouvre sa trousse médicale et en sort un test de grossesse.

– Vous devriez le faire dans la salle de bains.

Je fixe la boîte.

– Je me suis cogné la tête, dis-je.

Ce n'est pas possible que je sois enceinte. Si ?

Dante et moi avons couché ensemble mais je ne me sens pas enceinte. Je ne présente pas d'autres symptômes, pour autant que je puisse dire.

– Oui, mais vous avez aussi vomi. C'est juste une mesure de précaution. Je suis sûr que c'est juste une légère commotion cérébrale, dit le Dr Reiss. Il se lève.

Je vous laisse une minute à tous les deux. Je serai juste derrière la porte.

Je continue à fixer la boîte du test de grossesse.

Non.

Je ne le ferais pas. S'il y a la moindre chance que je sois enceinte de l'enfant de Dante, je ne sais pas ce qu'il fera ou comment il réagira.

Je vais truquer le test. Je le tremperai dans de l'eau au lieu de l'urine.

Je ne pense pas être enceinte, mais je ne peux pas prendre le risque qu'il revienne positif.

Le Dr Reiss ferme la porte en sortant de la chambre.

Avec un lourd soupir, je me lève du matelas et me dirige vers la salle de bains, la boîte de test de grossesse à la main. J'essaie de ne pas en faire un drame.

– Laisse la porte de la salle de bain ouverte, dit Dante.

– Quoi ? Pourquoi ? Je lui jette un coup d'œil par-dessus mon épaule.

Les sourcils de Dante se froncent, et il se lève du matelas pour me suivre dans la salle de bain.

– Jusqu'à ce que je puisse te faire confiance, j'ai besoin de te voir faire le test de grossesse par moi-même.

Je renifle doucement.

– Tu t'inquiètes que je ne sache pas comment faire un test de grossesse ? Ce n'est pas sorcier.

– J'ai peur que tu me mentes.

– Je te laisserai voir le bâton, dis-je.

Dante secoue la tête.

– Oui, et tu vas sûrement le mettre dans l'eau ou le jeter dans la cuvette des toilettes pour le diluer. Je ne te fais pas confiance.

15

DANTE

ELLE TOURNE sur ses talons et m'envoie la boîte de grossesse sur la poitrine.

– Et tu penses que je te fais confiance ? me lance Nikki. Je jure devant Dieu que si je suis enceinte, j'avorterai.

– Pardon ? Ma voix gronde à sa suggestion. Absolument pas !

Je n'ai peut-être pas voulu d'enfant, mais il n'y a aucune chance que je la laisse menacer d'interrompre la grossesse.

Je saisis ses poignets, et je la fais reculer dans la salle de bain, la piégeant.

La stupide boîte avec le test de grossesse tombe sur le sol. Je la frappe avec mon pied, l'amenant avec moi dans la salle de bain.

– Lâche-moi ! Nikki crie, se débattant contre moi.

Je suis fatigué de ses caprices. Il est clair qu'elle a l'habitude d'obtenir ce qu'elle veut. Peut-être que j'aurais dû m'y attendre, vu qui est son père.

– Contrôle-toi !

Je claque la porte de la salle de bain derrière nous et les murs vibrent.

Elle se tortille contre mon emprise jusqu'à ce que je la lâche enfin.

Avec un soupir, je me penche et lui tend la boîte, la laissant déballer le contenu à l'intérieur et faire le test. Je ne suis pas sûr qu'elle ait besoin des instructions qui accompagnent le test ou pas.

– Pourrais-tu au moins te retourner pour que je puisse faire pipi en privé ? demande Nikki.

– Non. Je croise les bras sur ma poitrine et je m'appuie contre la porte fermée.

Ce n'est pas comme si ses vêtements n'étaient pas déjà révélateurs.

Il y a des t-shirts et des sweats dans les tiroirs de la chambre. Elle ne s'est pas douchée, encore moins changée avant de se glisser sous les couvertures. Avec son déshabillé rose fin, je peux tout voir.

Nikki attrape un gobelet jetable pour de l'eau à côté de l'évier et s'assoit sur les toilettes. Elle prend le test de grossesse, et bien que je ne la fixe pas, je regarde pour m'assurer qu'elle ne me cache pas la vérité.

Elle tire la chasse d'eau et se lave les mains. Le gobelet avec le test de grossesse est posé sur le comptoir de la salle de bains. Nikki se pince les lèvres et s'assied sur le bord de la baignoire, les mains sur les genoux, en secouant la tête.

Son teint est devenu lugubre. Est-elle nerveuse à propos du résultat ou ne se sent-elle toujours pas bien depuis tout à l'heure ?

J'ai été stupide de ne pas utiliser de préservatif. J'ai toujours été prudent pour cette raison. Je ne suis pas prêt à être père.

Je jette un coup d'œil à ma montre, en gardant un œil sur l'heure, en attendant de vérifier le test.

Le pire scénario possible me regarde fixement : deux lignes roses.

Enceinte.

16

NICOLE

NON. Non. Non.

Ce satané test de grossesse doit être erroné.

Je cligne des yeux une fois, deux fois, et je fixe les deux lignes sur le test de grossesse qui ne semblent pas s'effacer.

Ma vision s'était troublée tout à l'heure. Y avait-il une chance infime que je sois la seule à voir que je suis enceinte ?

Un regard vers Dante et je fais un pas en arrière.

Il ne me laissera jamais partir. Pas tant que je porterai son enfant.

– Donc, c'est réglé, dit Dante. Il s'éclaircit la gorge, et ses yeux vacillent avant qu'il ne se retourne et sorte en trombe de la salle de bain.

Qu'est-ce qui est réglé ? Je croise mes bras de manière protectrice contre ma poitrine.

J'ai mal à la tête et j'ai l'estomac retourné par la nouvelle.

Je peux entendre sa voix étouffée juste derrière la porte ouverte de la salle de bain. Son ton est plein de colère. Même si je veux l'ignorer, et je le fais désespérément, sa voix est forte et retentissante.

Il est dans le couloir en train de parler avec le médecin.

Je jette le test de grossesse à la poubelle et me lave les mains. Je jette un coup d'œil à mon reflet dans le miroir et je ne reconnais pas la fille qui me regarde.

Je claque la porte de la salle de bain. Bien sûr, il n'y a pas de verrou. Il n'y a rien à mettre devant la porte de la salle de bain pour la bloquer, à part la stupide petite poubelle qui contient le test de grossesse et la boîte. Il n'y a rien d'autre dans cette poubelle vert menthe assortie aux serviettes accrochées aux crochets.

Je me précipite vers la douche et tourne les robinets, projetant un jet d'eau chaude dans la baignoire. Le jet d'eau se déverse alors que je me déshabille et jette mes vêtements sur le sol.

Le rideau est en tissu, avec des touches de bleu, de vert et d'or en lignes horizontales. Je tire sur le tissu et me place sous le jet d'eau chaude.

L'eau est agréable, contrairement à la dernière fois où j'ai été arrosé avec un tuyau. Je ferme les yeux et penche ma tête en arrière. Le bruit de la douche couvre celui de Dante et du docteur.

C'est parfait.

C'est juste ce dont j'ai besoin.

Je fais mousser le shampoing dans mes cheveux. Le parfum est doux et énergisant, avec des notes de menthe verte et de lavande. Je rince la mousse et suis soulagée de trouver une bouteille d'après-shampoing correspondante.

Ce ne sont pas des parfums masculins, et ils ne sentent pas du tout comme Dante. Est-ce qu'il ramène habituellement des femmes du bar ou de son trafic ?

Un frisson me parcourt.

Combien de femmes a-t-il possédé ?

Je tends la main vers le robinet de la douche et monte la température à fond.

Je sais que la douche n'est pas froide, mais je tremble et mes dents claquent.

Je finis de me laver aussi vite que je peux et je ferme le jet de la douche. Je tire le rideau pour prendre une serviette et je fixe le regard perçant de Dante.

– Sors ! Je pointe la porte du doigt. Qui t'a dit que tu pouvais entrer ?

Dante me tend une serviette du crochet. Il est silencieux.

– J'aurais pu la prendre moi-même.

Ce n'est pas comme si je devais fouiller pour trouver une serviette. Les linges avaient été sortis.

– Je pensais te donner un coup de main.

Je tire d'un coup sec, lui arrache la serviette et l'enroule autour de moi.

– Quand je voudrai un coup de main, je le demanderai, répliqué-je. Pourquoi es-tu encore là ?

Est-ce que cet homme ne comprend rien à l'intimité ?

– Il faut qu'on parle, dit Dante. Il fait un pas en arrière mais reste dans l'embrasure de la porte, les bras au-dessus de la tête en s'appuyant sur la corniche.

Il m'irrite. J'attrape la porte de la salle de bain pour la claquer.

Les yeux de Dante tressaillent, mais il empêche la porte de se refermer sur lui.

– Moreno ! crie-t-il.

– Quoi ? Tu as besoin d'inviter toute ta bande ici pour me voir dans la douche ?

– Techniquement, tu es en train de t'habiller, dit Dante. Son comportement est détendu, calme et posé.

Ce n'est pas du tout comme ça que je me sens. Il m'a mis dans un état de frénésie, en me mettant en cloque et maintenant ça, envahir mon espace personnel.

– Je ne m'habille pas avec toi qui me fixe, lui réponds-je. Il est hors de question que Dante ait une autre occasion de me regarder nue. Pas si je peux l'en empêcher.

Je garde la serviette couleur menthe serrée autour de mon corps. Une main s'agrippe au tissu tandis que j'essaie de repousser Dante avec l'autre.

– Dehors ! j'ordonne.

Mes ordres sont peu efficaces.

Dante esquisse un sourire en coin. Son regard est rempli d'amusement et d'une étincelle de quelque chose que je ne reconnais pas. Est-ce de la gaieté ?

Il m'empêche de sortir de la salle de bain, et même si je voulais m'habiller, tous les vêtements qui sont rangés dans les tiroirs de la commode sont derrière lui.

Est-ce une sorte de jeu pour lui ?

Un coup ferme et retentissant est frappé à la porte de la chambre.

– Entre, dit Dante.

– Sérieusement ? N'as-tu aucune considération pour les sentiments des autres ? demandé-je.

Je tire sur la serviette. Non pas que Dante puisse voir quoi que ce soit, mais maintenant avec un autre membre de la famille Ricci dans ma chambre, je suis encore plus vulnérable et exposée.

– Monsieur, dit Moreno en s'éclaircissant la gorge.

Dante recule d'un pas du cadre de la porte qu'il bloquait.

– Je veux que les goupilles soient enlevées et que cette porte soit démontée.

– Quoi ? Je halète. Il est fou.

– Ma femme pense qu'elle peut me donner des ordres, dit Dante avec un rire grave. Il est temps qu'elle apprenne ce que signifie être mariée à un Don.

Femme ?

Mariée ?

– Tu es fou, dis-je. Il n'y a aucune chance que j'épouse un monstre.

17

DANTE

JE N'AVAIS PAS l'intention de lui parler du mariage sans la faire s'asseoir, et certainement pas alors qu'elle était trempée et serrait une serviette contre sa poitrine.

La serviette pouvait à peine faire le tour de son corps mignon et tout en courbes.

Elle m'irrite et quand je suis irrité, j'ai tendance à m'emporter.

Les mauvaises habitudes sont difficiles à perdre.

J'ordonne à Moreno d'enlever les goupilles ainsi que la porte de la salle de bain. Si elle veut être difficile et me claquer la porte au nez, on peut jouer à ce jeu à deux.

De plus, Nikki a besoin de savoir qui a le contrôle.

Et ce n'est pas elle.

– Tu es fou, me lance-t-elle avec venin. Il n'y a aucune chance que j'épouse un monstre.

Elle n'a pas tort, et je ne cède pas à ses injures ou à ses intimidations.

Nikki est dure. Elle a dû l'être, en grandissant avec un père comme Gino. Un peu moins, et je penserais qu'elle se retient.

– Crois-tu honnêtement que tu as le choix ?

Je fais un pas vers elle et je sens le grésillement de l'électricité dans l'air entre nous. Le bourdonnement vibre, et elle se penche vers moi.

Se rend-elle compte que ce petit geste me dit qu'elle a envie de moi ?

Elle ouvre la bouche pour répliquer, mais la ferme rapidement.

– Nous allons avoir un enfant ensemble. Ça ne veut pas dire qu'on doit être quoi que ce soit. Nikki fait un geste entre nous. Ça, ce qu'on a eu, une stupide soirée, c'est fini. Ça ne se reproduira plus jamais.

Elle dit ça maintenant, mais elle changera d'avis.

Je peux le voir dans ces profondes perles ambrées qui brillent chaque fois qu'elle pose les yeux sur moi. Je suis certain que son pouls bat dans son cou. Ce n'est probablement pas le seul endroit où il bat.

Je regarde son corps. La foutue serviette est toujours serrée dans sa main.

Nikki peut penser qu'elle a gagné cette manche alors que je fais un pas en arrière dans la chambre.

Mon cœur s'emballe à chaque fois que je lui jette un œil. La passion n'est pas de l'amour. Je ne me leurre pas en croyant que je pourrais un jour aimer quelqu'un.

Mais ça ne veut pas dire que je ne suis pas un homme nourri de désirs.

– Sa porte, enlève-la immédiatement, dis-je en désignant la porte de la salle de bains.

Ce n'est pas une question. Moreno suit mes ordres.

Moreno fait un signe de tête sec pour approuver.

– Tout de suite, patron, dit-il et il se précipite hors de la chambre pour récupérer un marteau et un gros tournevis.

Nikki se faufile devant moi aussi vite qu'elle peut. J'attrape son poignet et la plaque contre le mur.

Une main saisit sa serviette, et l'autre est placée au-dessus de sa tête, la coinçant entre le mur et moi.

– Dante, qu'est-ce que tu fais ? murmure-t-elle, en me fixant du regard.

Ses lèvres s'écartent et elle émet un souffle doux qui me tire plus près.

Je jure que je l'entends ronronner.

– Je te revendique, Chaton, dis-je.   A partir d'aujourd'hui, jusqu'à la naissance de ce bébé, tu resteras ici sous ma protection.

Nikki se débat contre ma prise, elle me résiste.

– Tu n'auras jamais ce bébé, mon bébé, me grogne-t-elle.

– Vraiment ? Je la regarde fixement. Elle n'a aucune idée des choses que j'ai faites pour la sauver et assurer sa sécurité.

Même si je voulais la laisser partir, maintenant qu'elle est enceinte, je ne peux pas.

Nikki porte l'héritier du trône des Ricci, si c'est un garçon. Si c'est une fille, elle sera toujours ma chair et mon sang. Il est hors de question pour moi de refuser le nom des Ricci à l'un ou l'autre.

– Tu ne peux pas me garder ici contre ma volonté, dit Nikki.

– C'est pour ta sécurité. De plus, en ce qui me concerne, tu n'as pas remboursé ta dette.

Son visage perd ses couleurs. Ses yeux s'élargissent et brillent.

– A propos de ça, dit Nikki. Je peux t'expliquer.

– Non. Quiconque vole un Ricci finit mort de ma main ou avec quelques doigts coupés.

Elle déglutit nerveusement, la mâchoire serrée. Nikki ne se bat plus contre moi, ce qui me donne l'occasion d'amener son autre main vers le mur au-dessus de sa tête.

– Dante, murmure-t-elle, les sourcils froncés alors que sa serviette tombe au sol.

Je devrais m'arrêter avant de perdre tout contrôle. Moreno va revenir d'une minute à l'autre, même si je me fiche de ce qu'il voit.

Mes lèvres tombent sur le cou de Nikki, et elle émet un doux ronronnement au fond de sa gorge.

Il devient plus fort à mesure que mes doux baisers l'excitent.

Oui, c'était définitivement un ronronnement. Elle gémit et écarte un peu les jambes. Elle n'est plus tendue et fermée, se crispant et me gardant à bout de bras.

– Nous ne serons jamais plus que des coparents, dis-je en imitant ses désirs.

– Mm, oui, c'est ça, marmonne Nikki en acquiescement.

J'embrasse un parcours chaud sur son cou et je descends vers sa poitrine. D'une main, je maintiens ses mains au-dessus de sa tête. De l'autre, je laisse mes doigts se promener sur son pic, taquinant son téton avant de me pencher pour le sucer, le goûter, l'embrasser et le lécher.

Sa tête se penche en arrière et ses yeux se ferment.

Elle aime ça presque autant que moi.

– Tu seras à moi, dis-je en laissant mes doigts effleurer son ventre.

Ses hanches se balancent en avant. Ce qu'elle veut est évident. Est-ce que je lui donne ?

Elle gémit, et sa respiration s'intensifie lorsque mes doigts effleurent sa hanche. Je ne fais que la taquiner, laisser mon toucher vagabonder et l'exciter.

– Dis-le, ordonné-je.

Elle est silencieuse pendant un moment. C'est la première fois que je pense l'avoir rendue muette.

– Dire quoi ? demande-t-elle.

– Que tu es à moi et que je peux faire ce que je veux.

Ses yeux s'ouvrent paresseusement. Elle respire difficilement et lourdement. Ses joues sont rouges, et le même rougissement s'est répandu sur sa poitrine.

– Non, elle halète. Jamais.

Je relâche ma prise, fais un pas en arrière, et quitte sa chambre. Je ferme la porte avec un bruit sourd derrière moi.

Moreno se tient dehors dans le couloir. Il attend manifestement de rentrer à l'intérieur, ses outils à la main.

– Je, euh, j'ai juste pris une minute pour trouver le marteau, dit-il en esquissant un sourire.

– Attends demain matin, dis-je. Personne n'entre ou ne sort de cette pièce avant demain matin.

Je prends la clé dans ma poche et je verrouille la porte de la chambre, en m'assurant qu'elle ne puisse pas s'échapper.

Elle est enceinte de mon enfant. Il n'y a aucune chance qu'elle sorte d'ici sans un de mes hommes ou moi à ses côtés. Je ne peux pas prendre le risque qu'elle aille dans une clinique pour régler notre petit problème.

Nikki aura ce bébé, et si elle ne veut pas être mère, elle peut partir dès que mon enfant sera né.

18

NICOLE

QU'EST-CE que c'était que ça ? Pourquoi l'ai-je laissé me séduire ? Ça doit être les hormones. Mais je ne suis enceinte que de quelques semaines.

Est-ce que c'est possible ?

Je récupère un t-shirt noir parfaitement propre qui arrive sur mes cuisses. Il est assez long pour couvrir mes fesses et mes parties intimes. Je me blottis sous les draps et je dors pendant ce qui me semble être une semaine.

Au matin, Moreno me réveille, insistant pour que je me lève et commence ma journée.

– Va-t'en, marmonne-je alors qu'il se tient au-dessus de mon lit.

– Il est midi. Vous avez déjà dormi toute la journée, dit Moreno. Il ouvre les rideaux d'un coup sec, et la lumière du soleil se répand dans la pièce.

Je protège mes yeux avec mon bras.

– Je vous ai apporté des vêtements, et une fois que vous serez habillée, vous pourrez venir avec moi en bas, à la cuisine.

Assise dans le lit, je remonte les couvertures jusqu'à ma taille.

– Tu me laisses sortir de cette chambre ? demande-je. J'étais certaine qu'après la nuit dernière, Dante ne me laisserait jamais partir, que je serais enfermée dans son château pour toujours.

– Vous pouvez descendre pour le petit déjeuner, oui. Moreno fait un geste vers les sacs de courses sur le sol à côté de la commode. Je n'étais pas sûr de votre taille, alors j'ai acheté un article de chaque modèle ce matin.

Il y a des dizaines de sacs de courses remplis à ras bord de vêtements neufs, les étiquettes de prix dépassant. Les vêtements proviennent de différents magasins, chaque sac d'un magasin différent, dont aucun n'est situé à Breckenridge.

Il a dû sortir tôt et commencer à faire du shopping dès l'ouverture des magasins.

– Tu ne plaisantais pas, dis-je.

J'hésite à sortir du lit jusqu'à ce qu'il quitte la chambre. Je n'ai pas de pantalon, encore moins de culotte. Le t-shirt me couvre, mais pas assez en ce qui me concerne.

Moreno sourit. Sent-il mon hésitation ?

– Et si je vous laissais quelques minutes pour fouiller dans les vêtements et que je revenais ensuite pour vous conduire à la cuisine ?

– Je peux te rejoindre en bas, dis-je. Bien que je ne sache pas où se trouve la cuisine, je suis sûr de pouvoir la trouver.

Moreno fait un signe de tête rapide.

– Je vais attendre devant votre porte.

Il sort de la pièce et ferme la porte derrière lui.

Je suppose qu'il ne me fait pas confiance.

Pourquoi le ferait-il ?

Après quelques secondes seule, je sors du lit et me dirige vers la commode, où se trouvent plusieurs grands sacs remplis de vêtements, pliés et bien rangés.

Je frotte le sommeil de mes yeux et retourne les sacs en plastique, laissant tomber les vêtements sur le sol.

J'attrape un jean à ma taille et un t-shirt, ainsi qu'une culotte et un soutien-gorge.

Mon estomac se retourne en sachant que Moreno m'a acheté des sous-vêtements. La plupart des vêtements sont raisonnables, mais les soutien-gorges et les culottes ne sont pas du tout simples ou neutres. Il y a une variété de couleurs, de tailles et de styles. Tout, des strings aux bas de bikini, des soutien-gorge push up aux bonnets transparents en dentelle des meilleurs créateurs.

Dante a définitivement de l'argent.

Je me dépêche de m'habiller et passe mes doigts dans mes cheveux emmêlés. Cela devrait suffire. Je marche jusqu'à la porte et tourne la poignée, surprise de la trouver déverrouillée.

Moreno se tient de l'autre côté, et m'attend.

– Vous avez faim ? demande-t-il.

L'idée de manger ne m'excite pas, mais je n'ai pas mangé grand-chose depuis des jours. Ne devrais-je pas avoir faim ?

– Venez avec moi, dit-il quand je ne réponds pas.

Je le suis dans le couloir, puis dans les escaliers qui mènent au rez-de-chaussée. Nous faisons le tour de l'intérieur de la maison jusqu'à ce que nous atteignions la cuisine.

À l'intérieur, il y a une table haute avec quatre chaises. Personne d'autre n'est assis, mais déjà, il y a une assiette avec de la nourriture, un verre de lait, de l'eau et du jus d'orange devant le siège.

– Pas de salle à manger élégante ? plaisanté-je.

– J'ai pensé que vous pourriez trouver ceci un peu plus confortable et familier, dit Moreno.

A-t-il oublié que j'ai grandi avec Gino DeLuca ? Il sait qui est mon père, n'est-ce pas ?

– Est-ce que quelqu'un va se joindre à nous ? demandé-je.

Ce que je veux vraiment savoir c'est si Dante va prendre le petit déjeuner avec moi ou s'il m'évite.

– Non, Dante est en voyage d'affaires pour les prochains jours.

– Oh, dis-je. Je ne suis pas sûre de savoir pourquoi je m'en soucie. Je devrais être soulagée de ne pas avoir à le voir. Ne pas avoir affaire à lui semble assez agréable.

Moreno semble gentil, amical, et peut-être que je peux le convaincre de me libérer de mon emprisonnement avec Dante.

– Est-ce que tout semble à votre goût ? demande Moreno.

Il est formel, bien plus que les hommes avec lesquels Papa travaillait. Moreno a des yeux gentils et un sourire chaleureux, mais je sais que derrière sa façade, il tuerait un homme sans y réfléchir à deux fois.

– Oui, mais je n'ai pas très faim.

Je grimpe sur la chaise et m'assois devant les énormes quantités de nourriture.

Ça me semble injuste d'avoir tout ça alors que les autres filles sont affamées. Que leur est-il arrivé ? C'est pour ça que Dante est parti ?

Est-il en train d'attraper la prochaine fugueuse ou de remplir sa propriété de filles à vendre aux enchères ?

Je repousse l'assiette.

– Je n'ai pas faim, dis-je.

Tout appétit que j'avais s'est envolé depuis longtemps.

– Vous devez prendre un petit-déjeuner. Si ce n'est pour vous, pour le bébé que vous portez, dit Moreno. Sa voix est douce mais ferme. Je suppose que si Dante était là, il me forcerait à manger.

Je devrais être reconnaissante qu'il ait été appelé ailleurs pour affaires, mais une petite partie de moi est triste de ne pas le voir.

Il allume un feu dans mon âme. Je ne sais pas si je dois le haïr ou lui être reconnaissante de m'avoir arrachée à Diamond et aux autres hommes qui auraient pu facilement s'en prendre à moi.

Je soupire et attrape le verre de jus de fruit.

– Je peux te demander quelque chose ?

Je jette un coup d'œil à Moreno.

Il monte la garde près de la porte. Je ne sais pas trop ce qu'il attend, il a peur que si je m'enfuis, il soit obligé de me poursuivre ? Son patron ne serait probablement pas très heureux que je m'échappe. Tant mieux.

Moreno hausse les épaules.

– Combien d'autres filles Dante a-t-il amené ici ? Combien de femmes a-t-il mis en cage ? demandé-je. Honnêtement, je ne suis pas sûre de vouloir connaître la réponse, mais au moins, je pourrais accepter mon sort.

Il ne semble pas qu'il ait d'autres enfants, et si c'est le cas, au moins Dante a une raison de me garder dans les parages et de me garder en vie.

Moreno s'éclaircit la gorge. Il bouge un peu ses pieds. Il semble plus que mal à l'aise. Il semble carrément avoir peur de me répondre.

Dans quoi me suis-je fourrée ?

19

DANTE

ÉVITER NIKKI n'est pas difficile, surtout quand je travaille. J'ai besoin de me sentir en contrôle, et le fait qu'elle porte mon enfant me rend plus incertain sur tout.

Y compris pour elle.

Nikki qui tombe enceinte a détruit mon plan. J'avais l'intention de la mettre dans un bus, de lui donner 100 dollars et de la faire partir loin d'ici.

C'était le plan.

Le plan a changé.

En regardant ce stupide test de grossesse, j'ai réalisé une chose : je n'allais pas la laisser partir.

Je passe quatre jours à Chicago à côtoyer les Russes. Je rentre à la maison et me dirige directement vers la douche.

Je me sens comme les ordures que j'ai côtoyées.

Gino est l'ennemi que je connais. Cet homme n'est pas le moins du monde spontané. Il continuera à trafiquer des filles jusqu'à sa mort, et même là, je ne suis pas sûr de pouvoir l'arrêter. Il y a trop de têtes à faire tomber, trop d'hommes qui seraient heureux de s'asseoir sur son trône.

Le fait est que la trahison n'est pas un marché difficile à conclure. Je le sais.

Gino le sait certainement.

Je ne suis pas un idiot. Envoyer un de mes propres hommes sous couverture le mènerait directement à sa mort.

Envoyer quelqu'un de Breckenridge serait une mission suicide.

Notre ville est trop petite.

Les Russes et moi avons un accord, un accord selon lequel nous restons hors du territoire de l'autre, et nous sommes prêts à nous aider mutuellement en cas de nécessité absolue : de vie ou de mort.

J'ai demandé leur aide. J'attends toujours leur réponse.

Leur empire est construit sur l'infiltration d'organisations, le piratage d'entreprises, la rançon de secrets d'affaires.

J'ai besoin de leur expertise avec l'empire DeLuca pour les faire tomber. Qu'il s'agisse de retenir leurs actifs en otage ou de livrer leurs secrets aux fédéraux pour détruire Gino et ses hommes, je ne suis pas contre le fait de côtoyer les Russes.

Expirant un souffle lourd, je claque la porte d'entrée derrière moi et monte en trombe les escaliers pour prendre une douche. J'ai besoin de me débarrasser du sang et de la sueur qui collent à ma peau.

En quelques minutes, je suis debout sous le jet, et l'eau chaude laisse une trace rouge là où elle est passée. Je devrais fermer le robinet, mais je ne le fais pas.

Je ne le ferai pas.

Un courant d'air froid traverse la salle de bains. De l'autre côté de la vitre, il y a du mouvement.

– Peu importe ce que c'est, Moreno, ça ne peut pas attendre ? crié-je, en supposant que c'est lui le con qui interrompt mes cinq minutes pour moi-même. Qui d'autre serait assez stupide pour débarquer dans ma salle de bain ?

J'ai besoin de ce temps pour moi pour me détendre.

La porte vitrée s'ouvre.

– Nikki ?

Je cligne deux fois des yeux et frotte l'eau de mes yeux.

Comment diable a-t-elle pu sortir de sa chambre ? Je n'ai pas beaucoup dormi ces dernières nuits à l'hôtel, mais ça ne semble pas réel.

– Ton stupide garde du corps Moreno ne me laisse pas partir, dit Nikki. Ses joues sont rouges, et sa lèvre inférieure est saillante alors qu'elle se tient là, attendant quoi, exactement ?

Je ne vais pas la laisser partir avec mon enfant.

– On dirait que tu as trouvé le moyen de sortir de ta chambre.

Je ne sais pas comment elle a fait. A-t-elle crocheté cette satanée serrure de l'intérieur, ou le jeune garde, Leone, a-t-il oublié de l'enfermer dans sa chambre ? Il sera réprimandé plus tard pour son erreur.

– Et tu devais m'interrompre sous la douche pour me dire ça ?

– Non.

Je n'ai pas l'habitude de me faire surprendre. Pas comme ça. Elle n'a pas le droit de fixer les règles et de jouer à des jeux avec moi.

C'est moi qui suis aux commandes.

– Viens ici, je grogne et je la tire sous le jet chaud.

Elle pousse un cri, et je ne sais pas si c'est parce que c'était inattendu ou parce qu'elle est encore habillée.

– Dante !

Sa bouche reste ouverte. Elle semble abasourdie que je vienne de la tremper.

Nikki n'a aucune idée de ce qui l'attend.

A quel point j'ai l'intention de la tremper.

– A quoi tu t'attendais ?

Je la plaque contre le mur froid de la salle de bain.

Elle frissonne.

Mes doigts tirent sur l'ourlet de son t-shirt blanc, qui révèle maintenant son soutien-gorge violet. Merci, Moreno !

J'arrache le t-shirt de son corps, en le déchirant par le milieu, et je jette les débris trempés sur le sol. Ça fait des flaques.

– Qu'est-ce que tu-, elle ne finit pas sa phrase.

Mes doigts sont déjà sur le bouton de son jean. Il est aussi trempé que son t-shirt, si ce n'est plus. L'étoffe lui colle à la peau quand je le baisse d'un coup sec, et elle sort de son jean mouillé.

Un autre vêtement sur le sol.

Elle se mordille la lèvre inférieure, et je me penche en avant, goûtant sa bouche, la buvant. Elle a un goût de miel et de nectar, doux et alléchant.

Chaque gorgée ne me semble pas suffisante.

Je suis affamé d'elle.

Entre deux baisers fervents, je pince l'agrafe de son soutien-gorge. Le satin violet à dentelle tombe sur ses épaules, et elle tend son bras hors de la douche pour le laisser tomber sur le sol.

Nikki ne m'arrête pas et je ne suis pas du genre à me retenir. Si elle ne veut pas de ça, elle me le dira. Elle a été très claire il y a à peine quelques nuits.

Je devrais la faire supplier.

Faire en sorte qu'elle plaide pour ma bite en elle.

Je mordille sa lèvre inférieure et elle se penche sur mon corps. Ses hanches se balancent. Est-ce qu'elle a le même désir de moi que moi d'elle ?

Il y a tant de choses que je voudrais dire, mais les mots n'arrivent pas jusqu'à mes lèvres. J'arrache la fine culotte et j'entends son petit souffle quand je taquine son entrée avec ma bite.

Elle gémit, et je continue à la taquiner.

Mes lèvres tracent un chemin de baisers chauds sur son cou et sur sa clavicule.

Nikki penche sa tête sur le côté, me donnant accès, s'offrant à moi.

Je souris, heureux qu'elle soit tombée sous mon charme. Mon cœur bat la chamade dans ma poitrine tandis que ma langue taquine et suce ses seins. Je veux savourer chaque seconde, lui prouver que rester ici est ce qu'elle veut et non une obligation.

Elle ne peut pas partir.

Je ne la laisserai pas faire.

Mais je veux que son désir de rester soit plus fort que mon besoin qu'elle soit là.

J'ai la tête embrouillée, mes pensées m'échappent rapidement. Je me laisse tomber à genoux sur le sol de la douche - l'eau me martèle le dos.

J'écarte ses jambes et lèche sa fente. Elle frissonne, et je ne fais que commencer.

– Pas encore, chaton, dis-je. Tu jouiras quand je t'en donnerai la permission.

Elle gémit en signe de protestation. Ses doigts s'emmêlent dans mes cheveux.

– Dante, elle murmure mon nom.

C'est le paradis pour mes oreilles et ça rend ma bite dure comme de la pierre. Je dois me contrôler si je veux que ça dure, et je le veux désespérément. Je veux qu'elle en redemande quand on aura fini, qu'elle me supplie de la libérer.

– C'était quand la dernière fois que tu as joui ? demandé-je. Ma langue parcourt ses plis et longe sa fente. Sa mouille s'échappe, un aveu silencieux de son désir. Je taquine son clito, l'effleurant lentement avec ma langue, le frôlant à peine au début.

Elle ne me répond pas.

– C'était avec moi ? demandé-je. Ma langue effleure plus haut, encerclant sa petite perle.

Sa respiration s'accélère.

– Ou tu t'es touchée toute seule ? Je la regarde fixement.

– Oh, mon Dieu, elle gémit. La rougeur de la douche n'est rien en comparaison du rougissement qui tache ses joues.

Je guide un, puis deux doigts à l'intérieur de sa chaleur.

– Est-ce que tu t'es touchée depuis que tu es ici, sous mon toit ? lui demandé-je.

Ses yeux se ferment et elle se serre contre mes doigts.

– Regarde-moi, lui ordonné-je.

Comme elle n'obéit pas, je retire mes doigts et je retire lentement mes lèvres de son centre chaud.

Elle halète et tremble, luttant pour se tenir debout. J'arrête la douche et la soulève sur mon épaule, la portant dans ma chambre.

– Dante ?

– Tu n'as pas répondu à ma question, dis-je en l'allongeant sur le lit sur le ventre. Je tire ses fesses en l'air. A quatre pattes.

Mes doigts caressent ses fesses parfaitement rondes avant d'écarter ses plis en la taquinant.

– Est-ce que tu me veux ? Je me penche en avant, mon souffle taquinant son oreille.

– Oui, elle chuchote. Sa réponse est rauque et épaisse. Chaque respiration de Nikki est lourde, et ses doux halètements se transforment rapidement en gémissements lorsque je positionne ma bite à son entrée.

– Dis-moi que tu veux que je te baise.

Je dois faire preuve de beaucoup de retenue pour ne pas plonger en elle. D'habitude, j'aurais pris un préservatif, mais ça semble être un investissement inutile maintenant, vu que je l'ai déjà mise en cloque.

– Oui, je veux que tu me baises, ronronne-t-elle.

Ses mots sont l'harmonie douce la plus parfaite que j'ai jamais entendue. Je me guide à l'intérieur de son intimité étroite et je cherche à taquiner son clitoris à chaque coup de reins.

La tête de Nikki bascule vers l'avant et son dos se cambre. Je sens déjà son orgasme monter à mesure qu'elle tremble contre ma queue.

– Pas encore, je préviens et je me glisse hors d'elle.

Elle gémit en signe de protestation, et je la retourne, la mettant sur le dos.

– Tu as intérêt à ne pas avoir fini, dit-elle en fixant ma bite dure comme de la pierre.

Je ricane doucement.

Fini ?

Pas avant qu'on hurle tous les deux.

Je plonge en elle, plus fort et plus profond. Je guide ses jambes vers mes épaules, et ses entrailles se resserrent contre moi.

– S'il te plaît.

Elle mordille à nouveau sa lèvre inférieure. Ses yeux sont ouverts, mais ce sont de petites fentes alors qu'elle tente de me fixer.

– Tu peux jouir, j'ordonne en frottant son clito, et elle se serre et se contracte. Ses orteils se plient et son dos se cambre sur le matelas.

J'ai besoin de toute mon énergie pour tenir quelques secondes de plus alors que j'écoute les doux halètements et gémissements de son orgasme qui envahit son corps.

Un.

Deux.

Trois coups de plus et je suis là avec elle, me répandant en elle, enfoui dans sa chaleur.

Je me retire et descend du matelas, pour retourner à la salle de bain.

– Dante ? Sa voix est douce et sucrée, comme un murmure éteint.

– Endors-toi, dis-je.

Elle grimpe sous les couvertures. Mes couvertures.

Je ne laisse jamais personne dormir dans mon lit.

Je me précipite dans la salle de bain et je ferme la porte.

Qu'est-ce que j'ai fait ?

La baiser ne faisait pas partie de l'équation.

Elle est la mère de mon enfant. Mais une relation ? Ça pourrait devenir compliqué trop vite. Je m'appuie sur le comptoir de la salle de bain. En fixant mon reflet, je vois mon père, sa haine dans mes yeux.

Je le déteste.

Je me déteste encore plus.

C'était un homme cruel, qui amenait d'innombrables femmes dans son lit. C'est étonnant que je sois son seul enfant ? Je m'attendais à découvrir un demi-frère ou une demi-sœur quelque part, attendant de réclamer l'héritage de notre père.

Cela n'est jamais arrivé.

Je suis le bâtard malchanceux d'avoir un père qui ne voulait pas de fils. Ma mère est morte quand j'étais jeune. J'ai eu d'innombrables nounous jusqu'à ce que je sois en âge d'aller en pension.

Je n'enverrai jamais ma propre chair et mon propre sang ailleurs, mais élever un enfant, qu'est-ce que je sais de ça ? Il y a des monstres qui errent dans les rues et qui veulent détruire ma famille. Comment suis-je censé protéger un bébé ?

J'éteins la lumière de la salle de bain et retourne dans la chambre. Nikki est déjà profondément endormie et ronfle doucement, enfouie sous mes couvertures.

Je ne peux pas rester ici avec elle.

Correction.

C'est ma chambre.

Elle ne peut pas rester ici avec moi.

Je passe par ma commode, enfile un caleçon avant de la soulever dans mes bras avec la couverture enroulée autour d'elle.

Elle remue mais ne se réveille pas complètement. Sa tête repose sur ma poitrine. Comment se fait-il qu'elle soit si paisible et calme sans se soucier du monde ?

Nikki est forte. Avec tout ce qu'elle a enduré à cause de son père, elle vit et respire encore, souriante et inconsciente du monstre qu'il est.

Je ne suis pas sûr de l'avoir vue sourire, mais je suis sûr qu'elle n'a pas la moindre idée qu'il l'a enlevée.

Et je suis le connard qui n'a pas le droit de lui dire la vérité.

La portant dans sa chambre, je la glisse sous les draps et remonte ses couvertures sur elle. Je m'abstiens de lui donner un baiser de bonne nuit. Ce n'est pas à moi de la border. Pas encore.

Je pars avec mes couvertures et je ferme discrètement la porte de sa chambre.

J'ai fait le vœu secret de ne pas lui dire la vérité, de la protéger.

20

NICOLE

JE ME RETOURNE sous les couvertures et j'étire mon bras pour trouver le lit à côté de moi vide.

Est-il allé à son bureau ? Ou au travail ?

Mes yeux s'ouvrent paresseusement. Je suis de retour dans ma chambre.

J'expire un soupir épuisé et me tire du lit. C'est déjà le matin, et le soleil est éclatant.

Ça ne correspond pas à mon humeur. Il devrait y avoir des nuages d'orage roulant et secouant la maison.

Le jaune du soleil éclaire la chambre d'une lueur joyeuse.

Je n'ai pas fermé les rideaux hier soir avant de me coucher.

Apparemment, Dante n'y a pas pensé non plus avant de se débarrasser de moi dans ma chambre.

C'est quoi ce bordel ?

C'est tout ce que je suis pour lui, un objet sexuel ? Une baise rapide.

Il m'a acheté à cette stupide vente aux enchères. Je suis une prisonnière à sa merci. Prenant l'oreiller, je le jette à travers la pièce.

Il tombe sur le sol avec à peine un son, pas même un bruit sourd.

Pourquoi ai-je pensé que je représentais quelque chose de plus pour lui ?

Il avait été clair sur le fait que je lui appartenais. Il m'avait acheté comme une propriété après m'avoir enlevé.

Le salaud !

C'est à cause de son stupide 4x4 que j'ai volé ?

Il sait que mon père est Don. N'a-t-il pas peur que Papa fasse quelque chose pour se venger ?

Je n'arrive toujours pas à comprendre pourquoi Papa a laissé Dante me ramener chez lui.

Dante n'a pas dû laisser le choix à Papa.

Je dois lui donner du temps. Papa enverra une armée d'hommes pour exterminer Dante et ses hommes.

Mais quand ?

Une semaine s'est déjà écoulée et je suis toujours coincée ici, incapable de partir.

Un coup sec et la porte de la chambre s'ouvre. C'est l'un des gardes.

– Vous êtes attendue en bas dans cinq minutes, dit-il.

Attendue ? Maintenant Dante me donne des ordres ?

– Ou quoi ? demandé-je et je resserre les couvertures autour de moi. Je suis nue sous les draps et je ne veux pas que le garde se fasse des idées. Il a l'air à peine assez vieux pour boire. Mais avec des amis comme Dante, je suis sûre qu'il a tout ce qu'il veut, alcool compris.

– C'est bon, Leone, dit Dante au garde. Il le dépasse et s'invite dans ma chambre. Dante est complètement habillé, costume cher et tout, avec des chaussures noir brillant pour finir son ensemble.

J'essaie de ne pas le mater. Mais c'est difficile quand cette voix dans ma tête ne cesse de me harceler.

Il t'a fait du mal. Il t'a enlevée. Tu te souviens ? Ne tombe pas sous son charme. Ne tombe pas amoureuse de lui.

– On prend le petit-déjeuner avant que je ne commence ma journée.

Je suis censée me sentir choyée qu'il m'invite à prendre le petit-déjeuner avec lui ? Je n'en ai rien à foutre.

– Je n'ai pas faim.

Je me retourne pour protester contre son annonce. Peut-être qu'il comprendra et me laissera tranquille. Après tout, c'est ce qu'il a fait la nuit dernière après que nous ayons — dans son lit.

Je grimace, rien qu'en me rappelant l'incident. Je ne veux pas penser au sexe ou penser à lui. Et à chaque seconde qui passe, cette pensée me trotte dans la tête. Je me souviens de son corps chaud et nu.

Non.

Non.

Non.

Je me bouche mentalement les oreilles et je chante.

– Tu n'écoutes pas un mot de ce que je dis.

Dante arrache les couvertures de mon corps nu.

– Espèce de salaud ! Je hurle et plonge vers les couvertures, qu'il a arrachées du lit. Il est plus fort et beaucoup plus énergique que moi.

Mes poings le martèlent, mais il m'attrape les poignets et me plaque contre le mur. Mes tétons durcissent à cause de la fraîcheur de l'air.

Nous sommes seuls, juste tous les deux, et je suis nue. La porte est grande ouverte, et n'importe qui pourrait entrer. Si Leone est dans les parages, il ne donne aucun signe de sa présence.

– C'est moi le salaud ? Dante rit. C'est drôle, vu que tu te bats contre moi. Je ne fais que me défendre.

– Tu n'es pas croyable.

Je ne peux pas le croire. Il retourne la situation comme si j'étais la méchante.

– Tu m'as enlevé. Tu m'as forcé à venir chez toi et tu m'as enfermé dans ton précieux château. Tu penses honnêtement que tu es le héros ?

Le sourire disparaît du visage de Dante. Il lâche sa prise sur moi, fait un pas en arrière et époussette sa veste comme si je venais de lui jeter du feu.

Ses yeux scintillent et se rétrécissent. Il y a quelque chose derrière ces profondeurs sombres qui m'attire si facilement.

Je blâme les hormones.

– Je t'ai seulement invité à te joindre à moi pour le petit déjeuner parce que tu portes mon enfant. C'était une gentillesse de ma part. Cela ne se reproduira plus. Un garde t'apportera trois repas par jour, dit Dante avant de tourner les talons.

Il est impitoyable et rapide. Dante sort en trombe de la chambre, claque et verrouille la porte derrière lui.

Je ne partirai jamais d'ici.

DANTE

— JE VEUX des images de l'intérieur de la maison DeLuca, dis-je. Je ne suis pas satisfait de l'équipement audio. J'ai besoin de plus. Quelque chose que je peux utiliser sur Gino pour le détruire.

Mais comment ?

Et quoi ?

Je m'assois à mon bureau, m'enfonçant dans le cuir noir profond. Je passe mes doigts sur le grain du bois du bureau. Je suis distrait.

Nikki m'a distrait.

Si je ne fais pas attention, elle pourrait me faire tuer.

C'est pourquoi j'ai demandé une réunion avec Moreno. J'ai besoin de son expertise et de lui faire part d'une idée. Je lui fais confiance par-dessus tout, non seulement pour assurer mes arrières, mais aussi pour me dire quand je me plante ou que j'ai tort.

– Patron, dit Moreno en se raclant la gorge. Il parlait, mais je n'écoutais pas.

Je lève les yeux vers lui. Il n'y a que nous deux.

– On peut envoyer Halsey, dit Moreno. Il connaît la configuration de la maison, et il a déjà été à l'intérieur une fois et a fait le travail. De plus, Breckenridge est petite, la compagnie de câble n'a pas beaucoup de techniciens. Gino va commencer à remarquer si tous les techniciens qui viennent chez lui sont d'origine italienne.

Merde.

Il a raison.

– Je vais y réfléchir, dis-je.

J'attends toujours des nouvelles des Russes.

Les DeLuca ont leur propre système de sécurité privé. Si nous pouvons le pirater et avoir un accès à distance, je n'aurai pas à m'inquiéter de risquer mes hommes.

C'est une solution facile, mais ça me coûtera une faveur.

Je me frotte la nuque. Je suis fatigué. Je n'ai pas assez dormi. En remettant Nikki dans sa chambre, je pensais que ça m'aiderait à dormir. Ce n'était pas le cas. A la place, j'ai senti son odeur sur mon oreiller et mes draps.

Je vais devoir changer les draps et les laver. Est-ce que ça fera partir son odeur de la chambre ?

– Pouvons-nous parler de Nicole ? demande Moreno.

Il n'en parlerait pas à moins que quelque chose ne le tracasse. Il sait quand se taire, ce qui m'inquiète c'est qu'il ne le fait pas maintenant.

– Qu'y a-t-il à discuter ? Comme tu le sais, elle est enceinte. Je ne vais pas juste la renvoyer avec mon enfant, et ne plus jamais en entendre parler.

Ce n'est pas ouvert à la discussion.

Si Moreno pense que garder Nikki ici est une mauvaise idée, il va avoir un réveil brutal. Elle ne partira pas tant que je ne l'aurai pas libérée.

– Elle croit que vous êtes le méchant.

– Au cas où tu aurais manqué le mémo, je ne suis pas un saint.

Moreno lève les yeux au ciel et s'appuie sur la chaise en face de moi. Elle bascule légèrement en arrière.

– Ouais, eh bien, mon inquiétude est que Gino a un plan que nous n'avons pas vu, et quand il viendra pour Nicole, elle sera prête à aller avec lui et à lui donner tous tes secrets.

J'ai déjà pensé à ça.

– Pourquoi penses-tu que je la garde enfermée dans sa chambre ?

Je ne la laisse pas s'approcher de mon bureau fermé ou de mes hommes. Il y a un garde qui l'accompagne à la cuisine, mais c'est le seul endroit où elle a été autorisée à se déplacer, sauf quand elle s'est faufilée dehors l'autre nuit.

Ça n'allait pas se reproduire.

– Tu ne pourras pas faire ça pour toujours, dit Moreno.

Je veux lui dire de me tester, mais je sais qu'il a raison.

– Quand le bébé arrivera, il y aura une nurserie et sa chambre. Je souris de satisfaction.

– La fille a besoin de vitamine D. De lumière. De soleil. Tu sais, la boule géante dans le ciel.

– Je ne suis pas un idiot, dis-je. Quand elle sera moins turbulente, tu pourras la laisser errer dans le jardin. Laisse un garde près d'elle tout le temps. Et je renforce la sécurité ici. Une fois que Gino aura vent que sa fille est enceinte, qui sait ce qu'il fera.

– Tu as dit qu'il t'a donné sa bénédiction pour épouser sa fille. N'est-ce pas ce qui s'est passé ? demande Moreno.

– Plus ou moins.

Je fais un signe de la main dédaigneux. Je trouve que c'est un marché étrange, mais je ne veux pas trop réfléchir à un homme qui tourmente et torture sa fille. Il est malade.

– A propos de cette nurserie, patron. Tu veux que je commande un berceau et les accessoires nécessaires et que je les livre ici ?

Je ne connais rien aux enfants. Je suis surpris que Moreno en sache plus que moi, mais il a deux jeunes frères et sœurs. Je suis enfant unique.

– Oui. Un berceau serait bien. Tu t'occupes de ça. Je vais m'occuper de Nikki.

– T'occuper d'elle comment ? demande Moreno. Il jette un regard inquisiteur, un seul sourcil se lève. Je ne sais pas comment il fait ça. Ou même s'il essaie.

– Je vais lui rappeler qui est aux commandes. Elle a cette façon d'être, Moreno. Je jure qu'elle essaie de me provoquer. Je dois la faire renoncer à cette détermination.

– Ce n'est pas un chiot que tu peux dresser et sortir pour jouer avec quand tu t'ennuies.

– N'est-ce pas précisément ce qu'elle est ? Mon animal de compagnie.

Chaton.

22

___

NICOLE

IL N'AVAIT PAS MENTI quand il m'a dit qu'un garde m'apporterait trois repas par jour. La plupart du temps, c'est le jeune et peut-être impressionnable Leone.

Il semble le plus facilement manipulable, mais je n'ai jamais essayé de m'échapper quand il apporte ma nourriture sur un plateau en argent dans ma chambre.

Où pourrais-je m'enfuir ?

Leone n'est pas le seul gardien.

Lorsque j'ai été escorté à la cuisine, j'ai compté jusqu'à cinq hommes à l'intérieur, faciles à repérer. Il y en a d'autres dehors, et peut-être d'autres que je n'ai pas vus dans le château.

Cela fait presque une semaine et pas le moindre mot ou regard de Dante. Je ne sais pas s'il est chez lui et m'évite ou s'il est en voyage d'affaires.

Que fait-il à part enlever des filles ?

Je me perche au bord du rebord de la fenêtre. La plate-forme est large et bien grande. Elle pourrait facilement être un coin de lecture si seulement ma chambre avait été remplie de livres. Un endroit pour me changer les idées.

Je n'imagine pas que Dante lise beaucoup ou fasse quoi que ce soit du tout en dehors de son travail. Il ne semble pas être du genre à avoir le nez plongé dans un livre.

La bibliothèque géante de la maison de Papa me manque. Il y avait toujours de nouveaux livres ajoutés pour que je les découvre quand je m'ennuyais.

– Je vous ai apporté le dîner, dit Moreno.

Je lève les yeux de ma place sur le rebord de la fenêtre. Si seulement je pouvais réellement ouvrir cette maudite vitre. Mes ongles tracent la colle épaisse qui est moulée avec la vitre.

– Ne gaspillez pas votre énergie, dit Moreno.

Je laisse tomber ma main sur mes genoux. Il ne sait pas ce qui se passe dans ma tête.

– Tu as apporté-

Mon nez se plisse à l'odeur, et je cours à la salle de bains.

Les nausées arrivent à chaque heure de la journée, mais surtout quand on m'apporte de la nourriture.

– Chevreuil, répond Moreno depuis la chambre.

Le plateau tinte lorsqu'il le pose probablement sur la table près de la fenêtre.

Après avoir vidé le contenu de mon estomac, je tire la chasse, me lave les mains et retourne lentement dans la chambre.

– Je n'ai pas faim, dis-je. Au cas où ce ne serait pas déjà évident.

– Vous avez à peine mangé aujourd'hui, dit Moreno.

Je hausse les épaules. Mettre un enfant au monde me semble cruel. Ne ferais-je pas mieux de laisser la nature suivre son cours ?

Cette pensée me fait monter les larmes aux yeux, mais je la repousse. Je suis sûre que ce sont les stupides hormones qui font exploser mes émotions.

Dante ne m'a même pas vu depuis des jours.

– Où est-il ? demandé-je.

Moreno est plus susceptible de me dire la vérité. Je n'ai rien obtenu de Leone. Cependant, je ne sais pas s'il n'a pas de réponse ou s'il ne veut simplement rien me dire.

– Vous devriez manger, dit Moreno ou je vais devoir lui dire.

Bien.

– C'est ce qu'il faut pour attirer son attention ? Je me moque doucement et croise mes bras sur ma poitrine.

Je suis fatiguée de ces jeux. Je suis une prisonnière, et même si les chambres sont plus agréables que celles de la prison, c'est toujours moi sans liberté.

J'ai besoin de m'échapper, de sentir la brise chaude de l'été sur ma peau. Regarder le soleil à travers la fenêtre n'offre pas le même attrait.

Moreno me regarde fixement. Ses yeux se plissent légèrement.

– Y a-t-il autre chose que je puisse faire pour vous ? Des envies ?

Le second de Dante semble se soucier plus de mon bien-être que le père de mon enfant.

– Amène-moi Dante.

Il pousse un lourd soupir.

– Je vous laisse avec votre repas, dit Moreno, ignorant ma demande. Il se retire de la chambre, et j'entends la porte cliquer et le verrou s'enclencher.

————

Après avoir dit à Moreno de m'amener Dante, je ne suis pas sûr de ce qui va se passer. Je me perche sur le rebord de la fenêtre, regardant le jardin, l'étendue ouverte qui s'étend aussi loin que je peux voir.

J'attrape le couteau à beurre sur le plateau et je retire la colle autour de la fenêtre. Peut-être que je peux réussir à m'échapper.

Je suis en train de travailler dur, en enlevant le résidu collant qui s'accroche à la fenêtre quand Dante débarque dans la pièce.

Quand Moreno entre sans frapper, c'est calme et tranquille. Pas Dante. Il arrive comme une tempête.

Mes doigts lâchent le couteau, et il fait un bruit sourd en tombant sur le sol tandis que je me déplace rapidement pour cacher ce que je faisais. Je pense qu'il le sait déjà.

C'est pour ça qu'il a choisi de venir maintenant ?

Y a-t-il des caméras dans ma chambre ?

Ou est-ce ma demande à Moreno de voir Dante qui l'a fait débarquer dans ma chambre ?

Ma bouche est desséchée. Il y a un verre d'eau avec mon repas qui n'a pas été touché.

– Est-il nécessaire que je te nourrisse moi-même ? Dante demande. Son visage ne montre aucun signe d'émotion, mais il ne correspond pas à son extérieur. Ses mains sont serrées en poings sur les côtés.

Ne veut-il pas venir me parler ? Est-ce Moreno qui lui a forcé la main ? Ça semble peu probable.

Dante ne fait rien qu'il ne veuille pas. Un avantage d'être le patron.

– Je n'ai pas faim, dis-je en jetant un coup d'œil à l'assiette de nourriture qui a sans doute maintenant refroidi.

Il s'avance plus loin dans la pièce, plus près de moi. Il ne fait aucun commentaire sur le couteau qui est tombé par terre. Au lieu de cela, il se penche et le ramasse, en le gardant loin de moi.

– Que veux-tu manger ? demande-t-il.

– Je te l'ai dit. Je n'ai pas faim.

Considère ça comme une grève de la faim. Enfin, ça et les nausées matinales. Penser à la nourriture me donne la nausée.

– Pas envie de sucré ? Ou peut-être as-tu envie d'un en-cas salé ? Je peux t'apporter un paquet de chips ? Je t'apporterai tout ce que tu veux.

Quel culot !

– Tu penses vraiment qu'un paquet de chips compense le fait que tu m'as enfermé dans ta maison et volé ma liberté ?

– Ce n'est pas sûr pour toi dehors. Il pointe vers la fenêtre. Tu sais ce que j'ai traversé pour te ramener ici avec moi ?

Je n'aime pas qu'il soit si près de moi. J'ai besoin d'espace pour respirer. Je m'écarte du rebord.

Mes pieds sont remplis d'énergie nerveuse. M'asseoir n'est pas une option.

– Ça n'a pas dû être si difficile, dis-je. Tes hommes m'ont forcé à monter dans leur voiture et m'ont enlevé !

Comment ose-t-il jouer la victime, comme si ce n'était pas lui qui contrôlait tout.

Mon estomac se noue et je suis sûre qu'à tout moment je vais être de nouveau malade.

– Je veux que tu sortes d'ici ! Je montre la porte. Vas-y ! crié-je, mais il n'écoute pas.

La bile me monte à la bouche, et je me précipite dans la salle de bains, faisant basculer le couvercle des toilettes.

J'aurais dû le laisser relever. Je passe plus de temps la tête penchée sur la cuvette en porcelaine que n'importe quoi d'autre dans cette pièce.

Je sursaute quand il pose une main sur mon dos.

Je suis en sueur et dégoûtante.

Je tire la chasse et me rince la bouche.

– Tu veux faire quelque chose pour moi ?

Il me regarde fixement.

– Va me chercher du bain de bouche.

23

DANTE

JE N'AIME PAS les rapports que j'entends de Leone et Moreno que Nikki a à peine touché sa nourriture.

Moreno a mentionné qu'elle souffre apparemment de nausées matinales, et que c'est probablement la raison pour laquelle elle n'a pas mangé.

Est-ce de la pure provocation ?

Non.

Quand elle se précipite dans la salle de bain, il n'y a aucune chance qu'elle fasse semblant de vomir de la bile.

Et d'une certaine manière, elle trouve le courage de plaisanter sur le fait d'aller chercher du bain de bouche.

Je me penche et ouvre le placard sous le lavabo. Je lui tends un flacon tout neuf de bain de bouche à la menthe.

Elle pince les lèvres et fronce les sourcils. Apparemment, elle n'est pas aussi fouineuse que je l'aurais cru.

Enfin, c'était dans la salle de bain qui lui était réservée. Peut-être que je devrais commencer à écouter Moreno et la laisser sortir de sa chambre, lui donner un peu plus de liberté.

Mais est-ce que je peux lui faire confiance ?

Elle ouvre le plastique et verse une petite quantité dans un gobelet, puis crache dans l'évier.

– Autre chose ? De la soupe ? Des biscuits ? Du thé chaud ? proposé-je.

Les choses n'ont pas été très bonnes entre nous. Je suis autant à blâmer qu'elle, mais ce n'est pas la question. Honnêtement, je suis inquiet pour elle. Je suis aussi inquiet pour le bébé qu'elle porte, mon enfant.

– Comme je l'ai dit, je n'ai pas faim.

Elle me frôle et s'affale sur le matelas. C'est comme si le feu en elle était éteint. Vaincu.

Je n'ai pas l'habitude de la voir comme ça.

Je pensais que son manque d'appétit était plus dû à une grève qu'à autre chose, mais en la regardant, en l'examinant de plus près, je suis inquiet.

Elle a perdu beaucoup de poids. Ne devrait-elle pas prendre du poids maintenant ?

– Je t'emmène à l'hôpital. Reste là, dis-je et je sors dans le couloir pour retrouver Moreno. Je lui fais savoir que je suis préoccupé par le bien-être de Nikki et qu'il doit surveiller les affaires pendant notre absence.

Il s'en occupera.

Moreno amène mon 4x4 devant la porte, fraîchement lavé et révisé après son retour. Il était garé sur le côté, intact.

Je prends Nikki dans mes bras et la porte en bas des escaliers et par la porte d'entrée.

Elle plisse les yeux sous le soleil du soir qui est brillant mais pas aveuglant. Je devrais suivre le conseil de Moreno et la laisser sortir, mais il m'est difficile de lui faire confiance. Comment le pourrais-je quand elle est la fille de Gino ?

À tout moment, elle pourrait me trahir.

Comment puis-je savoir qu'elle n'est pas une taupe pour obtenir des informations pour la famille DeLuca ?

Cela m'a certainement traversé l'esprit. Sinon, pourquoi me donnerait-il l'opportunité d'épouser sa fille ? Le fait qu'il ne veuille pas qu'elle sache qu'il est derrière son enlèvement semble tiré par les cheveux, même pour Gino.

Mon estomac se tord à la simple idée que Nikki joue avec moi pour gagner le droit de se promener chez moi. Le bureau est fermé à clé, et les secrets qui pourraient me détruire ne sont pas gardés à découvert pour qu'elle puisse tomber dessus.

Je ne suis pas imprudent.

Tout ce que je fais est calculé.

– Je ne veux pas aller à l'hôpital, marmonne-t-elle contre ma poitrine. Mais elle ne se débat pas contre moi.

Je la pose délicatement sur le siège passager du pick-up et elle gémit.

Est-ce que ça lui rappelle le souvenir d'avoir volé mon 4x4 ? J'espère qu'elle a apprécié son côté têtu et téméraire car, en ce qui me concerne, c'est terminé.

– Je sais, mais je m'inquiète pour toi. Tu vomis tout ce que tu avales.

Elle devrait au moins passer une échographie. J'avais négligé mes devoirs, et même si j'ai apprécié que notre médecin vienne la voir dans un délai aussi court la nuit où elle est arrivée chez moi, il n'est pas obstétricien.

Je veux seulement le meilleur docteur pour s'occuper de mon enfant.

Et pour Nikki.

———

Ce n'est pas un trajet rapide vers l'hôpital le plus proche, de l'autre côté de la montagne. Les vols de sauvetage sont très fréquents chez nous car il n'y a pas vraiment d'ambulances.

Pour la plupart des blessures et des maladies, nous avons un médecin local, le Dr Reiss, qui travaille en étroite collaboration avec la famille, mais c'est un homme âgé, et je ne suis pas sûr de ce qu'il sait sur les accouchements. Il est bon avec du fil et une aiguille, pour réparer les blessures par balle et les chirurgies d'urgence.

Nous n'avons pas beaucoup de femmes dans le château et encore moins qui sont enceintes.

Nikki est la première.

Je suis décidé à faire passer à Nikki une échographie pour m'assurer de la santé de notre petit prix qui grandit en elle. J'ai besoin de savoir que notre bébé se porte bien.

Qu'elle veuille ou non que je l'accompagne aux urgences, je suis à ses côtés comme le père attentionné que l'on pourrait imaginer.

De ce côté-ci de la montagne, je ne suis pas un visage familier. Je ne fréquente pas l'hôpital si je n'y suis pas obligé. En fait, je l'évite à tout prix.

Nikki n'a aucune idée des risques que j'ai pris pour l'amener ici. Mes ennemis s'étendent bien au-delà des frontières de Breckenridge, et je suis sans gardes et sans hommes pour me soutenir.

J'aurais dû amener un des soldats pour assurer mes arrières, mais c'est trop tard maintenant. Je dois me concentrer sur elle.

Elle est allongée sur un lit d'hôpital, un petit lit blanc, avec une couverture drapée sur elle. L'infirmière remplit des papiers, note des informations pendant que Nikki répond aux questions de l'infirmière.

Je n'ai jamais vu Nikki aussi calme et gentille.

C'est comme ça qu'elle sera avec notre bébé ?

Ou ai-je épuisé sa combativité ?

J'en doute.

Le temps semble toujours s'arrêter aux urgences chaque fois que je passe derrière ces portes blanches. D'habitude, je suis couvert de sang, le poids de la vie d'un autre sur mes mains.

Cette fois, ce ne sont pas mes hommes qui sont en danger.

Je serre la main de Nikki. Ses yeux sont vitreux, ses lèvres sèches.

Une infirmière lui apporte une tasse de glaçons, et elle obéit, les suçant l'un après l'autre. Elle n'a pas dit grand-chose, et je ne la quitte pas d'une semelle.

Ai-je peur qu'elle dise au personnel de l'hôpital que je l'ai emmenée contre son gré ?

Cette idée me trotte dans la tête. Je ne la laisse pas s'installer.

La technicienne apporte l'appareil à ultrasons.

– Nous allons écouter les battements de cœur de votre bébé et prendre des photos.

Avant que Nikki puisse répondre à une question, la technicienne en pose une autre.

– Avez-vous déjà fait ça tous les deux ? Vous êtes prêts ? demande la jeune femme. Elle est tout sourire et un peu trop pétillante à mon goût.

Nikki doit penser la même chose, car elle me regarde avec des yeux désespérés. Est-ce qu'elle veut que je fasse taire cette femme ?

La seule façon que je connaisse pour le faire n'est pas appropriée dans un hôpital.

Nikki soulève son t-shirt, et la minceur de son ventre me frappe. Ça devrait se voir ? Je sais que ça ne fait que quelques semaines, mais il n'y a même pas le moindre signe de grossesse.

La technicienne applique une quantité généreuse de gelée transparente sur le ventre de Nikki avant d'appuyer la sonde et d'examiner l'écran.

Je vois la plus petite tache sur le moniteur. Elle est à peine plus grosse qu'un grain de raisin - le battement d'un pouls retentit dans le haut-parleur.

Les battements de cœur de notre bébé.

Je serre mes lèvres l'une contre l'autre.

L'air est aspiré de mes poumons. La pièce tourne sur elle-même.

Je vais être père.

– Wow, dit Nikki. Elle me serre la main, sa prise indéniable et forte. La peur se lit sur son front.

A-t-elle peur de moi ou de ce que ce bébé signifie ? Sa vie ne sera plus jamais la même, et la mienne non plus.

Je ne peux pas continuer à la traiter comme une prisonnière.

Moreno a raison. Je dois lui accorder la lumière du soleil et la liberté, même si ce n'est qu'un aperçu.

Mais elle ne sait pas à quel point elle est en danger, tout ça à cause de moi.

24

NICOLE

LE TRAJET du retour se fait dans le silence. Je regarde fixement par la fenêtre du camion.

Dante ne m'a pas dit plus de deux mots depuis que nous sommes partis.

C'était il y a plus d'une heure.

Je ne sais pas s'il est en colère ou simplement perdu dans ses pensées. Je repose mes yeux et m'assoupis jusqu'à ce que nous arrivions de nouveau au château.

Il fait sombre dehors, et pour la première fois depuis des jours, mon estomac ne se retourne pas. Le médecin m'a prescrit des médicaments et m'a posé une intraveineuse à l'hôpital. Ça a probablement aidé pour le moment.

Dante gare le camion devant la maison et se précipite quand j'ouvre la porte.

– Laisse-moi t'aider.

Ses hommes sont déjà à la porte. Moreno ouvre l'entrée, et Leone est juste à côté de lui. Derrière lui se trouvent deux autres hommes que j'ai vus de temps en temps dans les environs, mais je ne connais pas leurs noms.

Il s'est passé quelque chose. Je peux sentir la lourdeur dans l'air.

Dante doit le sentir aussi.

– Qu'est-ce qui se passe ? demande-t-il.

Moreno me regarde. Il hésite. Mon père arrive-t-il pour me sauver de cette prison ?

Pourquoi cela a-t-il pris si longtemps ? Je croyais vraiment qu'il serait venu plus tôt.

Je pose une main sur mon abdomen et me dirige vers l'escalier. Je connais le chemin jusqu'à ma chambre. Je n'ai pas besoin d'une escorte.

Pourtant, je le sens derrière moi.

Dante me suit.

– Tu prévois de m'enfermer dans ma chambre ? Je raille par-dessus mon épaule. Je suis fatiguée de ces jeux.

Je vais m'échapper. Ce n'est qu'une question de temps.

– Je ne crois pas que ce sera nécessaire, dit-il.

Je m'arrête devant la porte de ma chambre et me retourne pour lui faire face. Son souffle est chaud, et il y a une charge évidente dans l'air.

– Pourquoi ça ? Je devrais être reconnaissante qu'il ne m'enferme pas dans ma chambre, mais je suis surprise. Je veux savoir pourquoi il a soudainement changé d'attitude.

– Tu ne partiras pas.

Qu'est-ce qui lui fait croire que je ne vais pas m'enfuir et le trahir à la première occasion ?

– Tu ne me laisseras pas partir, je réponds. Si j'avais la liberté de partir, je le ferais.

Il tourne la poignée de ma chambre et ouvre la porte. Dante me fait signe d'entrer. Il allume le plafonnier, puis se dirige vers la table de chevet et allume également la petite lampe.

Avec un soupir, je me traîne dans la chambre. Je doute qu'il reste. Il ne reste jamais. D'habitude, il vient, il me gronde, on se dispute, et puis il part.

C'est la seule habitude que nous avons prise. Pourquoi ce soir serait-il différent ?

– Comment te sens-tu ? demande Dante. Ses yeux vacillent. Je ne sais pas à quoi il pense. Comment il se sent.

– Le médicament a aidé. Je montre la porte. J'ai laissé mon ordonnance dans ton 4x4.

Techniquement, il a laissé l'ordonnance et les papiers dans le 4x4. Dante les avait pris au docteur. Il ne m'avait pas laissé gérer quoi que ce soit par moi-même.

– Je vais demander à un de mes hommes d'aller chercher ton ordonnance, dit Dante. En attendant, tu devrais te reposer un peu. A moins que tu aies faim ? Je pourrais demander au chef de te préparer quelque chose à manger.

Bien que je ne sois plus nauséeuse, je suis fatiguée.

– Dormir est une bonne idée.

Je me dirige vers la commode et en tire un débardeur et un short à porter au lit. Tôt ou tard, j'aurai besoin d'une autre garde-robe.

– Dante ?

– Oui.

– Je vais avoir besoin de nouveaux vêtements, encore. Assez rapidement, je vais commencer à grossir.

J'espère qu'il me laissera l'accompagner dans les magasins, au marché, n'importe où en dehors du château où je suis enfermée.

– Et quand ce sera le cas, je m'assurerai que Moreno achète assez de vêtements pour toi.

Je pousse un lourd soupir.

– Ce n'est pas ce que je voulais dire.

Il sait ce que je voulais dire. Il doit le savoir. Dante n'est pas un idiot. Je soupçonne qu'il évite de me laisser partir. Il craint que je ne revienne pas ?

Il devrait avoir peur.

– Nous en parlerons un autre jour, dit Dante en se raclant la gorge. Pour l'instant, tu n'es pas en état de te balader dans les magasins. Tu dois contrôler tes nausées et manger plus de calories. Si tu n'aimes pas ce que notre chef prépare, je peux le tuer et faire venir quelqu'un d'autre pour cuisiner pour toi.

– Non ! Je halète. Ma bouche s'ouvre, et je reconnais ce sourire sur son visage. Espèce de salaud !

Je lui tape sur le bras. Je n'arrive pas à croire à ses singeries.

Il esquisse un sourire.

– Je t'ai eu.

– Tu ne m'auras jamais, Dante, dis-je.

Ses lèvres sont une ligne solide, et ses sourcils se froncent alors qu'il réfléchit à mes mots.

Il ne peut pas m'avoir parce que je ne lui appartiens pas. Pas tant que je serai forcée de vivre dans son château, sous ses ordres, sans la moindre liberté.

Il peut posséder mon corps mais pas mon cœur.

Dante se glisse devant moi. Ses mains se posent sur mes hanches et il me guide pour m'asseoir sur le bord du matelas.

– Jamais, c'est long, murmure-t-il.

Son souffle est chaud et délectable. Il envoie un frisson à l'intérieur de mon corps. J'essaie de cacher ce frisson, mais il sourit en connaissance de cause. Il est fier de pouvoir m'exciter avec un si simple toucher.

Je le déteste pour ça. Je déteste la façon dont mon corps me trahit. Je veux haïr Dante. Ce serait plus facile de lui crier dessus et de lui dire que c'est un monstre. Mais la vérité est que je ne peux pas faire ça. Je suis liée à lui d'une manière qui est plus profonde que je ne veux l'admettre. Ce n'est pas seulement le bébé qui m'attache à lui.

Il y a plus que ça.

L'envie de quelque chose que je n'aie jamais eu, jamais vécu auparavant.

Je ne peux pas l'expliquer. Je ne suis pas sûre de le vouloir, non plus. Ça me met mal à l'aise, comme un pull qui démange et que j'ai envie de retirer et de brûler.

– Tu aurais pu me détruire aujourd'hui.

Il effleure une mèche de cheveux derrière mon oreille, puis renverse mon menton pour que je croise son regard.

Ses yeux sont alimentés par l'envie et le besoin. La faim. Le désir. L'excitation.

Je ravale la boule dans ma gorge.

– Comment ?

Je n'ai pas l'impression d'avoir le moindre pouvoir, même infime.

– A l'hôpital, dit Dante. Tu aurais pu trouver un tas de raisons pour ne pas me laisser entrer dans la chambre avec toi.

Il se penche plus près, son front vient se poser contre le mien, et j'émets un doux gémissement au fond de ma gorge.

Je le déteste de m'avoir traîné chez lui, de m'avoir gardé ici, mais il n'a pas été méchant. J'ai été mieux traitée sous ses soins directs que pendant ces jours dans la prison.

Il n'y avait pas eu de bon moment pour dire à une infirmière que j'étais retenue contre ma volonté.

Dante était toujours à mes côtés. Adorable. Aimant. Affectueux. Il n'est pas cet homme à Breckenridge.

Le personnel de l'hôpital ne le connaît pas de la même façon que moi. Pour eux, il n'est qu'un père inquiet. Pour moi, il est mon ravisseur, mon kidnappeur, et le père de mon futur bébé.

Deux de ces choses, je ne pouvais pas les changer. La troisième, je m'assurerais quoi qu'il arrive qu'il ne le voie jamais.

S'il commence à me faire confiance, alors je vais utiliser ça à mon avantage.

Dante ne s'approchera jamais de mon enfant.

25

DANTE

JE METS Nikki au lit sous les couvertures et je ferme la porte. Je ne l'enferme pas à l'intérieur. Pas ce soir.

En sortant dans le couloir, Moreno m'attend.

– C'est grave ? demande Moreno.

– Le bébé va bien. C'est moi qui devrais te poser cette question.

J'essaie de baisser le ton et de faire un geste pour qu'on aille ailleurs.

Nous nous dirigeons vers mon bureau en bas. Je passe devant Leone.

– Garde ton poste devant la porte de Nicole, lui ordonné-je. Même si elle n'est pas enfermée dans sa chambre, je dois savoir ce qu'elle fait. Garde un œil sur elle à tout moment si elle n'est pas dans sa chambre.

– Oui, patron. Leone se précipite dans la cage d'escalier.

Moreno et moi allons dans mon bureau. Je déverrouille la porte et allume la lumière, fermant la porte derrière nous.

– Quelque chose ?

Le fait que tous les capos soient chez moi au milieu de la nuit me dit que quelque chose se prépare, et Moreno a des nouvelles pour moi.

– Nous avons des yeux et des oreilles à l'intérieur du manoir DeLuca, dit Moreno. Ta visite avec les Russes a payé.

Je devrais être soulagé, mais la boule au fond de mon estomac coule comme un sous-marin.

– Combien ça a coûté ? demande-je. Ils ont dû contacter Moreno quand ils n'ont pas réussi à me joindre à l'hôpital.

– Ils veulent être impliqués dans notre vente d'armes. Dix pour cent comme partenaire silencieux.

– Putain ! J'aurais bien négocié, mais Moreno avait l'autorité pour agir en tant que Don pendant que j'étais injoignable.

Le visage de Moreno est sinistre.

– Ce n'est pas pour ça que les capos sont là, patron.

Soupirant lourdement, je sens le poids des problèmes s'abattre sur mes épaules.

– C'est grave ?

Moreno allume la tablette et ouvre un fichier spécifique.

– Ça a été enregistré vers minuit.

Il me tend l'appareil, et je fixe les hommes sur l'écran. Je les reconnais. Gino est sur la droite. Il parle avec Vance et Rafael. Vance est son bras droit, comme Moreno l'est pour moi.

La dernière fois que j'ai vu Rafael et Gino, c'était à la soirée. Je ne suis pas sûre de ce que je m'attends à voir, à entendre, à observer, alors que je m'affale sur ma chaise de bureau.

La tablette reste dans ma main.

– Est-ce que tu vas me dire un jour quel est ton but avec Nicole ? Il est impossible que tu laisses cette vermine épouser ta fille pour de l'argent, demande Rafael.

– Je me suis demandé la même chose, patron, dit Vance.

– Cette enfant gâtée était exactement comme sa mère. Elle a besoin d'une ou deux leçons d'humilité si vous voulez mon avis. L'enlever était brillant, et encore mieux, elle pense que Dante était son ravisseur. Un large sourire s'étend sur son visage. Ses yeux se plissent. Il n'a jamais été question de mon but ultime. Il s'agit de ma motivation. Ma tromperie. Mon désir de détruire.

– Détruire. Comment ? demande Vance.

– Tic-tac, dit Gino de manière cryptique.

Je mets en pause la vidéo.

– Qu'est-ce que je ne comprends pas ?

Il y avait déjà des heures d'enregistrements et de vidéos à filtrer. Je n'avais ni le temps ni l'énergie pour les passer au crible. C'est ce que mes hommes étaient censés faire.

– Continue de regarder, dit Moreno.

Je ne suis pas sûr de pouvoir. Chaque fois que je regarde Gino, j'ai envie de jeter cette satanée vidéo à travers la pièce.

En soupirant lourdement, j'appuie sur « continuer ».

– Tic-tac, répète Gino.

– C'est l'horloge qui ronronne ? Rafael secoue la tête. Je ne comprends pas, patron.

Moi non plus. Qu'est-ce que j'ai raté ? J'écoute le message. J'attends de comprendre ce qu'il signifie.

– Nicole a été empoisonnée, dit Gino.

Vance fronce les sourcils et se lève pour arpenter la pièce.

– Pourquoi ? Vous ne pouviez pas savoir que Dante allait se pointer et proposer d'acheter votre fille.

– Bien sûr que non. On drogue les filles, pour qu'elles aient moins envie de se battre. Nicole a pris une dose plus forte, et quand elle est sortie avec la dernière vague, on a ajouté un cocktail spécial. Elle a été un problème ces derniers temps. Un qui a besoin de discipline. Je pensais qu'après avoir été malade et sur son lit de mort, elle verrait que je fais tout ce qu'il faut pour elle.

– Mais maintenant elle est avec les Ricci, dit Rafael. On va l'enlever ? La ramener à la maison ?

– Non. On va envoyer des fleurs et nos condoléances. Elle présente déjà des symptômes, j'en suis sûr. Elle sera morte dans quarante-huit heures.

Je pose l'appareil sur le bureau.

– Nikki est en train de mourir ?

26

NICOLE

LA PORTE de la chambre s'ouvre en grinçant, me tirant de mon sommeil. Je me retourne sur le matelas, mes yeux sont secs et endoloris. Je suis fatiguée. Qui entre dans ma chambre ?

Des ombres dansent sur ses traits sombres.

Je reconnaîtrais ce corps n'importe où. Qu'est-ce qu'il fait à se faufiler dans ma chambre ?

– Dante ? Je frotte le sommeil de mes yeux. Qu'est-ce que tu fais ?

Je m'assois dans le lit et je serre les couvertures autour de moi.

Il est silencieux et me traque comme si j'étais sa proie. Dante grimpe sur le lit, se tient au-dessus de moi, me forçant à me rallonger.

– Tu-

– Quoi ? demandé-je. La lueur de tristesse dans ses yeux me retourne l'estomac.

L'hôpital avait affirmé que le bébé était en bonne santé avec une échographie.

Il y a quelque chose derrière ces yeux sombres qui me fait mal au cœur, je veux savoir ce qui ne va pas.

Il se penche et ses lèvres capturent les miennes dans un baiser brûlant. D'une main, ses doigts s'emmêlent dans mes cheveux, me tirant plus près, plus fort, tandis qu'il s'abaisse contre moi, me coinçant entre lui et le lit.

– Dis-moi ce qui se passe, chuchoté-je entre deux baisers.

Mon corps réagit instantanément à son toucher, sa chaleur et son désir me titillent. Un gémissement s'échappe de mes lèvres, et il le prend comme un encouragement supplémentaire, repoussant les draps, ses hanches se soulevant assez longtemps pour se glisser sous les couvertures avec moi.

– Je te veux, dit Dante.

Chevauchant mes hanches, il enlève sa chemise et retire mon t-shirt. Je soulève mes hanches pour lui permettre de faire glisser mon bas de pyjama et ma culotte. C'est difficile de lui refuser quoi que ce soit quand ses baisers allument un feu en moi.

Ce sont probablement les hormones qui se déchaînent dans mon corps qui me font désirer son toucher.

Son souffle trace un chemin le long de mon cou, et il mordille ma peau, me marquant.

Je suis à lui.

Il veut que tout le monde sache que je lui appartiens.

N'est-ce pas pour cela que je suis enfermée dans ce château ?

– Retourne-toi, exige-t-il dans mon oreille, et il me retourne rapidement, ses mains fortes contre mes hanches. A quatre pattes.

Même au lit, il commande avec autorité. Un frisson parcourt mon échine alors que je rampe sur mes genoux.

Il écarte mes jambes et son toucher entre mes cuisses fait monter une vague de chaleur jusqu'à mon cœur.

– Tu es mouillée pour moi. C'est bien, chaton, chuchote-t-il à mon oreille.

– Oui, Maître, dis-je, jouant le rôle qu'il doit si délibérément vouloir de moi. Pourquoi me donner un nom d'animal de compagnie et me faire obéir à sa volonté ?

Il me récompense. Les doigts de Dante glissent entre mes plis et tournent autour de mon clitoris.

Je balance mes hanches d'avant en arrière, ses doigts exerçant une pression parfaite sur mon bourgeon douloureux.

– Je sais que tu veux jouir, chuchote Dante à mon oreille.

Je gémis pour acquiescer. Il a raison. Je veux ressentir cette douce libération qu'il peut m'offrir. Va-t-il continuer à me taquiner ou m'accorder ce que je désire ?

– S'il te plaît, râle-je.

Je ne suis pas au-dessus de la supplication. Cela viendra ensuite, alors que le désir monte en moi. Je veux le sentir me remplir.

Je tends la main derrière moi, mais il l'écarte et me mord le cou. Son corps est collé contre le mien, et sa bite épaisse et dure touche mon entrée.

– Tu veux que je te baise, Chaton ? chuchote Dante à mon oreille.

– Oui.

Mes entrailles palpitent, et il n'a même pas touché mon centre chaud et humide. Il m'a taquiné, ses doigts ont effleuré ma fente, mais mes entrailles en veulent plus.

La sensation de pulsation commence, et mes orteils se recroquevillent. Je veux sentir sa bite à l'intérieur de moi.

Dante frotte la tête de sa bite contre mon entrée, et mes hanches se balancent, voulant qu'il entre en moi, qu'il me baise. Je deviens folle de désir. Le désir se transforme en besoin.

– S'il te plaît, supplié-je, et je sens sa bite s'enfoncer dans mon étroitesse.

Un gémissement s'échappe de mes lèvres, et mes doigts se crispent sur les draps emmêlés sur le lit. Ma tête est penchée en avant, pendante, mon dos est arqué.

Chaque coup de reins, et je vois des étoiles. Mes yeux se ferment brutalement.

J'abandonne l'idée de rester silencieuse. Je sais que nous ne sommes pas seuls dans le château, et pourtant je ne me soucie plus de savoir qui peut nous entendre.

Mes gémissements sont beaucoup plus prononcés et bruyants, ce qui semble encourager davantage Dante.

Chaque coup est de plus en plus intense, ses mouvements s'accélèrent à mesure qu'il entend mes gémissements.

– Nikki, grogne-t-il, et mes entrailles se resserrent, palpitant autour de lui.

Quelques mouvements de plus, et je tremble sous son emprise, les orteils repliés. Je ne l'attends pas, le doux relâchement fait battre mon cœur contre mes côtes comme s'il allait éclater de ma poitrine.

Dante est juste là avec moi, se répandant à l'intérieur de moi avant de nous faire rouler et de s'effondrer sur le matelas, me tirant pour m'allonger au-dessus de lui.

Je n'aurais jamais pensé qu'il voudrait faire des câlins. Il me tire vers lui, ses doigts caressent mon dos et mes fesses nues.

La sueur recouvre ma peau, et l'air frais du ventilateur du plafond me caresse en même temps que son toucher.

Je veux lui demander ce qui se passe, mais son contact est apaisant et je suis attirée par le sommeil. Pour la première fois depuis des jours, je me sens soulagée, tranquille et en paix.

– Bonne nuit, marmonné-je avant de m'endormir.

27

DANTE

COMMENT PUIS-JE LUI dire la vérité ? Sa main est posée sur ma poitrine, sa respiration est lente et régulière.

Elle s'est endormie.

Je remonte les couvertures sur nos corps nus. Je n'avais pas l'intention de venir dans sa chambre pour coucher avec elle, mais en la voyant, en sachant que son père l'a empoisonnée, je ne peux pas ignorer les sentiments qui bouillonnent en moi.

Je ne devrais pas ressentir quelque chose pour Nikki. C'est dangereux. Aimer quelqu'un va détruire tout ce que j'ai accompli.

Et pourtant, cette échographie ce soir a volé mon cœur.

Elle va avoir mon enfant.

Je ne peux pas ignorer le sentiment croissant au creux de mon estomac, la sensation que lorsqu'elle est proche, je suis distrait. Je ne veux pas être perdu dans mes pensées pour une femme qui devrait être mon ennemie.

Nikki n'a rien à voir avec son père. Du moins pour autant que je sache.

Elle est intelligente et rusée mais pas impitoyable.

C'est un soulagement de sentir son souffle doux contre ma poitrine quand elle dort. Elle est vivante. Mon bébé est en vie. Mais pour combien de temps encore ? Ce que Gino a dit, qu'il lui restait quarante-huit heures à vivre. Comment c'est possible ?

J'ai envie de frapper quelqu'un et de crier.

Nikki se déplace légèrement, et ma prise sur elle se resserre. Je ne veux jamais la laisser partir.

Jamais.

Est-ce que Gino pourrait avoir tort ? Peut-être qu'il soupçonne qu'on écoute et qu'il nous donne de mauvaises informations ? Nous avons seulement une surveillance audio dans le bureau de Gino. Il n'aurait pas pu trouver le mouchard.

Est-ce que je ramène Nikki à l'hôpital ? Y aller une fois était risqué. Deux fois c'est mortel. Si ce n'est pas pour elle, alors pour moi.

Il y a des hommes qui veulent ma mort. Se montrer dans la ville d'à côté, c'est du suicide. Je dois faire attention.

– Dante ?

– Je suis là, chuchote-je et je frotte son dos de manière apaisante. Je veux la bercer pour qu'elle se rendorme. Puis-je être aussi chanceux ?

Elle essaie de s'éloigner et de rouler sur le côté, mais je ne la laisse pas partir. Je resserre ma prise autour de sa taille.

– Mon bras est endormi, dit-elle en essayant de se tourner contre moi.

À contrecœur, je relâche ma prise, elle se détache de mon corps et roule sur le dos. Ses doigts effleurent ma hanche, son toucher est doux et persistant, même si ses doigts glissent sur mon ventre et descendent plus bas.

Je coince sa main contre ma peau.

– Si tu continues comme ça-

– Tu vas faire quoi ? m'interrompt-elle. Un énorme sourire se répand sur son visage.

Est-ce qu'elle me provoque ?

– Que va faire le grand Don ? demande Nikki.

Oui, elle me cherche.

Pourquoi suis-je surpris ?

En grognant, je la plaque contre le matelas, ses bras étant maintenus au-dessus de sa tête par une de mes mains. Mon autre main effleure ses hanches alors qu'elle se tortille sous moi.

Ses mouvements font durcir ma bite.

Elle est une tentatrice, et je ne peux pas lui refuser du plaisir.

Toute pensée de sommeil disparaît pour nous deux et je m'enfouis profondément dans sa chaleur. Ses jambes s'enroulent autour de moi, me rapprochant encore plus.

Je capture ses lèvres.

J'ai besoin d'elle.

Je la veux.

Elle est ma propre drogue, et mes lèvres s'écrasent sur les siennes, ma langue s'insinue dans sa bouche.

Ses gémissements sont doux. Ses hanches suivent mes mouvements, son dos se cambre sur le matelas. Son corps s'agrippe à moi sans l'aide de ses mains, me tirant plus fort, désespérément pour la libération.

– Dante, elle murmure mon nom entre deux baisers enflammés, et ses entrailles se resserrent, tremblantes et palpitantes.

C'est assez pour me pousser au bord du précipice avec elle.

Putain.

Essoufflé, je m'effondre sur le lit et me roule hors de son corps. Je ne veux pas l'écraser, elle ou le bébé qui grandit en elle.

La perdre n'est pas une option. Pas maintenant. Ni jamais.

28

NICOLE

– TU ES TOUJOURS LÀ, chuchote-je. Dante est en boule à côté de moi.

Je ne m'attendais pas à ce qu'il passe la nuit entière dans mon lit. Quelque chose s'est emparé de lui. Je ne suis pas sûre de ce que c'est.

Ce n'est pas une surprise qu'il garde des secrets, mais il y a quelque chose qu'il ne me dit pas et qui m'inquiète.

– Je le suis. Il serre ses lèvres l'une contre l'autre. Comment te sens-tu ?

Un léger sourire se dessine sur le haut de mes lèvres.

– La nausée semble être partie.

Je ne sais pas combien de temps ça va durer, et je m'en fous. Pour l'instant, je suis juste reconnaissante de ne pas avoir la tête dans les toilettes ce matin.

– C'est bien.

Il n'a pas l'air ravi de cette nouvelle.

– Qu'est-ce qu'il y a ?

Je n'ai pas besoin de le connaître très bien pour voir qu'il a beaucoup de choses en tête, ce que je n'arrive pas à déterminer si c'est son travail, la famille, ou moi qui complique les choses.

– On devrait s'habiller, prendre le petit déjeuner, et puis j'aimerais que tu viennes dans mon bureau pour quelques minutes ce matin. J'aimerais te montrer quelque chose.

Je n'ai pas la moindre idée de ce qu'il a l'intention de me montrer, mais l'idée d'échapper à l'étroitesse de ma chambre et d'explorer un peu plus le château semble assez agréable.

– Entendu, dis-je. Je retire les draps autour de moi et je descends du matelas.

C'est le premier vrai sourire que je vois Dante afficher, et il a la plus adorable des fossettes sur sa joue droite.

Je trouve un t-shirt et un pantalon de yoga noir, je les attrape avec une culotte et je me dirige vers la salle de bain.

Il n'y a pas de porte. Pas même un semblant d'intimité, grâce à Dante et son équipe.

– Tu permets ? demandé-je, en faisant un geste pour qu'il se retourne ou au moins qu'il fasse semblant de ne pas regarder dans la salle de bain.

– Non, c'est ma maison.

Il croise ses bras sur sa poitrine et n'essaie même pas de détourner le regard.

– Eh bien, c'est ma chambre. Au cas où tu aurais oublié, tu m'as enfermé ici. Je montre la porte. Il est temps pour toi de partir. Et ne t'avise pas de prendre mes draps avec toi.

Dante se lève.

Est-ce qu'il m'écoute ? Ce serait la première fois.

– Je devrais m'habiller.

Il se penche, attrape son caleçon sur le sol et l'enfile avant de quitter la chambre.

Je ronchonne tout bas et laisse tomber le drap.

Parfois, il peut être tellement con.

Je m'habille et me coiffe avant de sortir de ma chambre. Je tourne la poignée et passe la tête dehors.

Dante m'attend.

– Où sont les gardes ? demandé-je.

Il n'est pas possible qu'il ait laissé ma porte déverrouillée et qu'il n'ait pas envoyé un garde pour s'assurer que je ne tente pas de m'échapper.

Bien que, avouons-le, jusqu'où pourrais-je aller ? Il y a des gardes à l'extérieur de la propriété et beaucoup plus à l'intérieur. Et avec son système de sécurité en plus, je ne vais nulle part sans aide.

– Occupés. Dante est énigmatique comme toujours.

Il m'accompagne jusqu'à la cuisine, et je m'assois pendant qu'il ouvre le frigo et récupère quelques produits de base pour le petit-déjeuner : lait, jus d'orange et crème pour le café.

Il verse une tasse de café.

Je m'éclaircis la gorge.

– Tu as une autre tasse ? J'irai la chercher moi-même s'il ne le fait pas.

Dante me jette un coup d'œil par-dessus son épaule.

– Tu es enceinte.

– Je ne suis pas morte, remarqué-je en descendant de la chaise et en me tenant à côté de lui devant le placard. J'ouvre la porte du meuble et prends une tasse sur l'étagère.

– Sers-moi une tasse. Ce n'est pas une question.

– Exigeante, hein ? Dante sourit, mais ses yeux ne sont pas pleins de gaieté. Il y a un soupçon d'obscurité, mais je n'ai pas encore découvert ce qui se passe dans sa tête.

Le pourrai-je un jour ?

Dante verse du café dans ma tasse, et je porte la boisson chaude jusqu'à la table pour m'asseoir.

– Tu sais que la caféine n'est pas bonne pour une femme enceinte ?

– Être retenue captive ne l'est pas non plus, et ça ne t'a pas empêché de me garder prisonnière sous ton toit.

J'ignore son regard noir et je prends la crème et le sucre, préparant mon café comme j'aime le boire. Doux et pas du tout amer.

Dante met une cuillerée de crème mais pas de sucre. Il me paraît toujours noir.

Il n'a pas encore répondu à ma remarque sur le fait d'être sa prisonnière.

Qu'est-ce qu'il y a à dire ? C'est vrai, et il le sait.

———

Le petit déjeuner est gênant au possible. Je ne pense pas que nous ayons déjà passé autant de temps ensemble que depuis la nuit dernière.

Ce n'est peut-être pas le petit-déjeuner qui est gênant, mais le fait qu'on ait fait l'amour deux fois hier soir.

Je ne regrette pas, mais lui si ? Sinon, pourquoi m'a-t-il achetée et ramenée à la maison ? C'est pour ça qu'il m'a achetée, n'est-ce pas ? Je me mordille la lèvre inférieure alors qu'il me conduit à son bureau.

Je ne sais pas trop à quoi m'attendre ni pourquoi il me conduit dans sa suite privée fermée à clé. Est-ce qu'il s'attend à un autre coup pour satisfaire ses besoins ?

– Qu'est-ce qu'on fait ? demandé-je alors qu'il déverrouille la porte en verre dépoli de son bureau. Il est impossible de voir quoi que ce soit jusqu'à ce qu'il ouvre la porte et me fasse signe d'entrer.

– Je veux que tu voies quelque chose.

Bon sang, il est énigmatique. Je serre les lèvres et entre. Je suis déjà sa prisonnière. Si je ne suis pas ses ordres, il va probablement me porter à l'intérieur de son bureau.

L'idée est tentante, mais je n'ai pas envie d'être portée.

Dans son bureau, il y a un bureau en acajou foncé et un fauteuil en cuir noir. En face, il y a un siège pour un invité, mais il semble à peine usé. Il ne reçoit probablement pas beaucoup de visiteurs.

Les murs sont d'un gris terne, peints sur des planches de bois qui éclairent la pièce sans fenêtre. Il y a une porte à l'intérieur de son bureau, en bois, et la poignée a une autre serrure.

Je ne peux pas m'empêcher de me demander quels secrets il cache derrière cette porte.

Dante fait le tour de son bureau et déverrouille le tiroir du bureau, en faisant glisser le bois pour l'ouvrir. Il récupère une tablette. Il touche l'écran, le déverrouille et ouvre l'application qu'il veut apparemment me montrer.

Qu'est-ce qu'il pourrait bien vouloir me montrer ?

– Tu devrais t'asseoir, dit Dante en désignant le fauteuil en face de son bureau.

Je préférerais rester debout, mais la noirceur de son regard réapparaît, et je m'enfonce dans le fauteuil sans dire un mot.

Il appuie sur play et me tend la tablette pour regarder une vidéo de mon Papa, Rafael et Vance dans le bureau de Papa.

– Tu espionnes ma famille ?

Mon estomac se creuse, et la nourriture que j'ai mangée fait des cabrioles dans mon estomac.

– Tu devrais regarder la vidéo, dit Dante. Il est calme. Trop calme, vu la tristesse qui traverse son regard.

Je ne devrais pas être surprise, et pourtant je suis dégoûtée qu'il n'y ait pas de vie privée.

– As-tu installé des caméras dans cette maison, aussi ? Et dans ma chambre ?

Je mets mes mains sur mes genoux pour les maintenir stables, mais je tremble intérieurement et extérieurement. Ce que je sais me met en colère.

Pourquoi ai-je pensé que je pouvais lui faire confiance ?

Il ne répond pas à ma question, et je me lève et dépose la tablette sur son bureau.

– Assis ! Dante craque comme un éclair, et sa voix mugit et résonne sur les murs comme le tonnerre.

Je me laisse tomber sur mon siège.

Dante appuie sur play et me force à regarder la vidéo.

– Nicole a été empoisonnée, dit Papa.

Vance est debout, les mains serrées en poings, il fait les cent pas dans la pièce.

– Pourquoi ? Vous ne pouviez pas savoir que Dante allait se pointer et proposer d'acheter votre fille.

– Bien sûr que non. On drogue les filles, pour qu'elles aient moins envie de se battre. Nicole a pris une dose plus forte, et quand elle est sortie avec la dernière vague, on a ajouté un cocktail spécial. Elle a été un problème ces derniers temps. Un qui a besoin de discipline. Je pensais qu'après avoir été malade et sur son lit de mort, elle verrait que je fais tout ce qu'il faut pour elle.

– Mais maintenant elle est avec les Ricci, dit Rafael. On va l'enlever ? La ramener à la maison ?

– Non. On va envoyer des fleurs et nos condoléances. Elle présente déjà des symptômes, j'en suis sûr. Elle sera morte dans quarante-huit heures.

– Non. Ce n'est pas- ce n'est pas mon papa.

La pièce est chaude et étouffante sous le regard de Dante. Je quitte le fauteuil et me précipite hors de son bureau.

Je traverse le hall. La pièce tourne, et je m'agrippe au mur pour me tenir debout.

Ça ne fonctionne pas.

Dante est à deux pas derrière moi, et alors que je tombe au sol, il me rattrape et me prend dans ses bras.

— Il n'aurait jamais, commencé-je, mais je suis incapable de terminer mes pensées. Ça n'a pas de sens.

Est-ce que Papa m'a drogué ?

Non.

Il n'est pas un monstre. Dante est le monstre. Ça doit être un piège, une sorte de manipulation vidéo.

— Lâche-moi !

Même si Dante relâche son emprise sur moi, je ne pense pas que je puisse tenir debout. La pièce tourne à toute vitesse, et mon estomac fait des sauts périlleux. Je ne suis pas sûre que je ne vais pas m'évanouir ou vomir. L'un ou l'autre semble une réalité plausible.

Dante me porte silencieusement en haut des escaliers jusqu'à ma chambre.

Je déteste le fait que je l'ai même désignée comme ma chambre. Ce n'est pas la mienne. Ça ne devrait pas être la mienne. Je ne veux pas y rester.

Il m'allonge sur les draps. Le lit est fait. Dante a des serviteurs qui répondent à tous ses besoins. Ont-ils été achetés de la même façon que j'ai été acheté et amené dans sa maison ?

– Je te déteste, dis-je. Je sens la douceur du lit sous mon corps. C'est une distraction bienvenue pour mes jambes en miettes, mais je ne veux pas être ici. Je ne veux pas être à lui. Je n'aurais jamais dû coucher avec lui au bar.

C'est ce qui a déclenché cette catastrophe ? Ou est-ce que c'était le fait que j'ai volé son stupide pick-up ?

Il se perche au bord de mon lit. Il ne m'a pas dit un mot. Son silence est pire que tout. Pourquoi ne se défend-il pas ?

Même sans être invité sur le lit, il semble détendu, comme s'il était à sa place.

Eh bien, il ne l'est pas.

– C'est un piège. Un mensonge. Je ne te crois pas.

– Ton père est un monstre.

Dante balaye une mèche de cheveux de mes yeux.

Je lève la main pour repousser son bras.

Il attrape mon poignet et le tient fermement. Me rappelle-t-il que c'est lui qui commande ? Comment pourrais-je oublier ?

Ses yeux scintillent. Et c'est la même obscurité, la même tristesse et la même mélancolie que j'ai vues hier soir et encore ce matin.

– La vidéo est réelle. Dante me fixe du regard.

Quand je cesse de me débattre, il relâche sa prise sur mon poignet. Mon bras tombe sur le côté.

– On a fait venir un médecin pour t'examiner ce matin.

– Je me sens bien. Mon estomac est rempli d'appréhension, mais je soupçonne que c'est plus la nouvelle qu'autre chose. Je suis allée à l'hôpital hier soir. L'échographie a montré que tout allait bien. Notre bébé est en bonne santé.

Je pose une main sur mon abdomen.

– Tu as perdu du poids, tu as eu du mal à manger ces deux dernières semaines. Moreno a un pote qui est un spécialiste de ce genre de choses.

Je lève les yeux au ciel.

– Je suis enceinte. Il n'est pas rare de souffrir de nausées matinales.

Je me déplace pour m'asseoir et lui prouver que je vais bien et qu'il réagit de manière excessive. Mais la pièce tourne sur elle-même.

C'est probablement dû au stress. Il me stresse à mort, pour sûr.

– Ok. Je vais laisser ton spécialiste m'examiner, mais je te dis que je vais bien. Mon père ne m'empoisonnerait pas.

Le ferait-il ?

Je me frotte les yeux. Ils me piquent, mais je ne veux pas qu'il me voie réagir.

– Je peux avoir un peu d'espace ?

Je fais un geste vers la porte.

– Je serai juste à côté de ta chambre si tu as besoin de quelque chose.

Je raille tout bas.

– Je n'en doute pas une seconde.

Dante se lève et se dirige vers la porte de la chambre, la laissant grande ouverte.

Est-ce qu'il vient de me donner la permission de quitter ma chambre ? Il a dit qu'il ne m'enfermerait plus. Même si je ne le crois pas, c'est une première.

Peut-être qu'il veut juste surveiller et s'assurer que je ne m'écroule pas et ne meurs pas.

Il y a un bruit de pas, et Dante parle avec quelqu'un dans le couloir. Avec la porte grande ouverte, ils parlent plus doucement que d'habitude. Il n'y a pas de voix étouffées derrière une porte. S'ils parlent un peu plus fort, je peux tout entendre.

Dante se met hors de vue, mais il est toujours dans le couloir.

Je glisse mes jambes sur le bord du matelas et me tiens sur des jambes flageolantes, un pied devant l'autre.

J'ai l'estomac retourné, mais c'est à cause de la vidéo et de la nouvelle. Le bébé va bien. Je vais bien. Dante est au mieux un hypocondriaque. Au pire, il essaie de me manipuler.

Papa ne me ferait pas de mal. J'en suis sûre.

C'est une ruse, une forme de manipulation. Peut-être que les hommes de Dante sont derrière tout ça.

Dante veut que je reste parce que je porte son enfant. Mais ses hommes, ils préféreraient que je parte. Je suis sûre que je suis une distraction pour leurs affaires.

Je vais jouer le jeu. Je vais laisser son stupide docteur m'examiner. Peut-être que si je fais semblant d'être malade, les hommes qui me gardent baisseront leurs gardes, et je pourrai m'échapper.

29

DANTE

APRÈS L'EXAMEN approfondi de Nikki par le docteur, on sort dans le couloir. Je ferme la porte.

– Quel est le diagnostic ? demandé-je.

Le docteur est un homme âgé qui pourrait facilement avoir l'âge de mon père. Ses cheveux poivre-sel sont courts et raides et s'agitent dans tous les sens. Il a les traits d'un savant fou avec sa blouse blanche et son stéthoscope autour du cou.

Mais je lui fais confiance.

Il est hautement recommandé.

– A part la grossesse ? Elle a été empoisonnée et a la fièvre typhoïde. J'irais même jusqu'à dire que ça a été utilisé comme une arme biologique vu votre situation.

Celui qui a fait ça voulait que Nikki souffre. C'est bien que vous m'ayez contacté maintenant.

J'avale la boule dans ma gorge.

– Et pour le bébé ?

– Elle a un risque de fausse couche, de mort-né, d'accouchement prématuré ou d'insuffisance pondérale à la naissance.

Merveilleux.

Je passe une main dans mes cheveux. Si je n'ai pas l'air dans un sale état, je me sens vraiment comme un désastre ambulant.

– Comment traite-t-on la fièvre typhoïde ? demandé-je. On peut lui donner quelque chose ? Des antibiotiques ?

Je ne peux même pas envisager qu'elle et le bébé puissent mourir. Ce n'est pas une option.

Le médecin remonte ses lunettes plus haut dans son nez.

– Elle aura besoin d'un traitement antibiotique pour l'infection.

Des antibiotiques. Dieu merci, la médecine moderne existe.

– Mais elle va s'en sortir ? Elle et le bébé vont se rétablir complètement ?

C'est ce que j'ai besoin d'entendre.

– Oui, je suis convaincu qu'elle ira bien, mais nous devrons surveiller de près la grossesse. Et si les antibiotiques ne fonctionnent pas et qu'elle continue à avoir des symptômes, appelez-moi tout de suite. Il y a de rares cas où cela peut se transformer en fièvre typhoïde chronique, ce qui peut poser un plus grand risque.

———

J'ai enfin l'impression de pouvoir respirer à nouveau. Moreno s'arrête à la pharmacie locale avec une ordonnance pour Nikki.

Bien que nous ne soyons pas sortis de l'auberge, le fait de savoir qu'elle va s'en sortir est un soulagement.

J'espère juste que le petit qui grandit en elle pourra supporter l'infection et le traitement antibiotique.

J'apporte un plateau dans la chambre de Nikki avec des biscuits, de la soupe et un grand verre d'eau rempli à ras bord. Le déjeuner est passé depuis longtemps et elle n'a pas mangé depuis le petit-déjeuner. Étant donné qu'elle n'a pas beaucoup mangé de toute la semaine, je suis reconnaissant qu'elle ait réussi à manger des toasts et de la confiture.

Mais elle ne peut pas vivre de toasts pendant sa grossesse. Elle a besoin d'un régime sain.

– Qu'a dit le docteur ? demande Nikki. Elle est allongée sur le côté, regardant par la fenêtre.

– Un traitement antibiotique fera l'affaire.

Elle se roule sur le dos et me jette un regard. Ses cheveux noirs sont éparpillés sur l'oreiller, et elle passe sa main sur son abdomen.

– Et le bébé ?

Je ne lui mentirai pas. Il y a déjà trop de mensonges sur lesquels notre pseudo-relation est construite. Je ne sais pas comment l'appeler autrement. Elle est ici parce que je le veux, pas parce qu'elle veut être avec moi.

Peut-être qu'un jour ça changera. Pour le moment, ma priorité est l'enfant qui grandit en elle.

– Il y a toujours des risques, mais si tu ne prends pas les antibiotiques, toi et le bébé allez mourir.

Il ne faut pas minimiser la gravité de la situation. Je veux qu'elle prenne ça au sérieux. Non pas que je doute qu'elle le fasse, mais elle et cet enfant, mon enfant, sont sous ma responsabilité.

Elle s'assied dans le lit, se soutient avec les oreillers derrière elle. J'apporte le plateau d'argent sur la table de nuit et le pose pour qu'elle puisse l'atteindre.

Je ne sais pas si je dois rester ou non.

– Je suis contagieuse ?

– Non, réponds-je.

Elle lève les yeux au ciel et sourit.

– Alors assieds-toi.

Nikki fait un geste vers l'espace sur le lit à côté d'elle. C'est une invitation, et je devrais l'accepter. Je devrais aussi être enfermé dans mon bureau à travailler. Il y a plus à faire et des vidéos de surveillance à regarder.

J'accède à sa demande et me perche sur le bord de son lit.

– Mange, ordonné-je. Si je fais ce qu'elle demande, alors elle fera ce que je lui dis.

Elle jette un coup d'œil au plateau, mais elle ne prend rien, pas même les biscuits.

– Est-ce que je dois te nourrir ? demandé-je. Si elle se comporte comme une enfant, alors je vais la traiter comme telle.

Elle attrape les biscuits et en porte un à ses lèvres, en prenant un minuscule morceau. Je ne suis pas sûr que ça compte comme un repas, mais je laisse couler.

30

NICOLE

JE NE FAIS PAS CONFIANCE à Dante. Comment le pourrais-je, alors qu'hier encore j'étais à l'hôpital et que tout allait bien, et que ce matin il me montre une vidéo me disant que je vais mourir ?

La vidéo est fausse. Elle doit avoir été truquée.

Ses hommes auraient pu facilement créer la vidéo et changer d'identité pour que ça ressemble à mon Papa.

Je connais Papa. Il peut être dur et cruel parfois, mais il ne me ferait jamais de mal, moi, sa fille unique.

Et le docteur. Il travaille pour Dante et ferait tout ce qu'on lui demande, y compris droguer son patient.

Quand les cachets arriveront, je ne les prendrai pas. Ce sera une dispute pour plus tard. Je peux mettre les médicaments sous ma langue et les jeter dans les toilettes quand personne ne regardera.

Je prends quelques gorgées d'eau après avoir grignoté des biscuits pour satisfaire Dante. La dernière chose que je souhaite, c'est qu'il me force à manger, mais je n'ai pas faim.

Comment peut-il s'attendre à ce que je veuille manger après ce qu'il m'a dit ?

Il se lève du matelas, et je le laisse partir.

– Je reviendrai plus tard pour voir comment tu vas, dit Dante. Il pose un baiser sur mon front.

J'essaie de ne pas réagir.

Dante sort de ma chambre et ferme la porte. Je n'entends pas le clic de la serrure.

Je me dépêche de sortir du lit et de m'habiller pour la journée.

Il y a des bruits de pas de l'autre côté de la porte, juste à l'extérieur dans le couloir. Les voix sont étouffées derrière les murs épais.

Est-ce que Dante parle à l'un des gardes ?

Sont-ils en train de parler de moi ?

J'avale le reste du verre d'eau. J'ai plus soif que faim, mais je ne veux pas que Dante ressente la moindre satisfaction à l'idée que j'ai réussi à boire ou à manger.

S'il s'en soucie un tant soit peu, c'est pour le bébé que je porte. Il n'en a rien à foutre de moi.

On frappe à la porte, et je me précipite vers le lit.

– Tes médicaments, dit Dante, en me montrant le sachet de la pharmacie. Il ouvre le sac en papier agrafé, déchire le haut et le retourne pour faire tomber le flacon de cachets sur le matelas.

J'attrape le flacon, mais il le saisit avant que je puisse examiner l'ordonnance.

Il lit les instructions et me tend un cachet.

Je tends la main vers le verre d'eau presque vide, et il l'amène au lavabo de la salle de bain pour le remplir.

– Tu devras boire un grand verre d'eau à chaque prise.

– Qu'est-ce que le docteur a prescrit ? demandé-je, en attrapant le flacon de pilules.

Doxycycline.

Je n'en ai jamais entendu parler en particulier, mais ça me semble légitime, comme un antibiotique.

Il ne me donnerait pas une pilule pour que je fasse une fausse couche, si ?

– Tiens. Dante me tend le verre d'eau. Les instructions disent aussi que ça peut te donner des maux d'estomac. Je vais demander à notre chef, Savino, de te préparer quelque chose à manger. Tu penses que tu peux supporter un déjeuner ?

– Des toasts seraient bien, dis-je. Je doute de pouvoir tolérer autre chose.

– Prends ton cachet, dit Dante. Il se tient au-dessus de moi, planant.

Je fais semblant de mettre la pilule dans ma bouche, la tenant dans ma main pendant que je bois le verre d'eau.

Ses yeux se plissent.

Il ne sait pas.

Il ne peut pas savoir.

Dante attrape ma main et ouvre mon poing. La pilule tombe sur les draps en dessous de moi.

Merde.

Ses yeux sont plus sombres que je ne les ai jamais vus alors qu'il ramasse le comprimé sur les draps.

– Tu as envie de mourir ? Peut-être que tu te fous de ce qui arrive à mon enfant, mais pas moi, grogne-t-il en me saisissant le menton.

Je recule, mais il ne me lâche pas.

Je veux lui dire de me lâcher, mais il tient ma mâchoire inférieure ouverte. Je n'apprécie pas d'être maniée.

– Prends ton satané cachet. Il l'enfonce dans ma bouche et referme ma bouche. Avale ! ordonne-t-il.

J'avale, mais la pilule est toujours sur ma langue. C'est amer et ça me force à froncer le visage. Je veux ouvrir la bouche pour mon verre d'eau, qui est vide.

– Ouvre la bouche.

Je fais rouler la pilule dans ma bouche pour la fourrer dans la cavité entre mes dents et ma mâchoire. S'il exige que je lève la langue, il ne verra pas le stupide médicament qu'il me force à prendre.

Lorsque je ne fais pas ce qu'il me dit assez vite, il m'ouvre la bouche d'un coup sec. Ses doigts explorent mes lèvres et ma bouche d'une main tandis que l'autre tient fermement ma mâchoire.

Une inspection visuelle n'est pas suffisante pour lui.

J'essaie de mordre, mais il saisit ma langue.

Salaud !

Son index passe entre mes gencives, découvrant le comprimé.

– Moreno ! Dante crie à son second.

Je suis foutue.

Moreno se précipite dans ma chambre. A-t-il senti l'urgence dans le ton de Dante ?

– Elle ne prend pas son médicament, dit Dante. La pilule humide et collante qui a commencé à se dissoudre est entre ses doigts.

– Je n'aime pas les cachets.

C'est un mensonge, mais je suis prête à tout essayer pour que les deux crétins dégagent.

Mon mensonge ne fonctionne pas.

– Tu veux la tenir, ou je le fais, patron ? demande Moreno.

Dante grimpe sur le lit et me pousse sur le dos. Il prend les commandes. Il est violent et pas le moins du monde gentil ou doux avec ses mouvements brutaux.

Ses hanches me clouent sur place, et j'essaie d'ignorer le fait que son entrejambe est blotti contre mon centre chaud.

Il attrape mes bras et me plaque contre le matelas, mes deux mains étant maintenues au-dessus de ma tête.

Il n'a aucune raison de me maintenir comme ça, à part le fait qu'il le peut. Il me montre qu'il est le chef. Il aurait pu facilement faire tomber la pilule dans un verre d'eau et me forcer à l'avaler.

Il veut que je voie qu'il a le contrôle.

Moreno tient ma mâchoire ouverte, et Dante, avec un seul doigt, met le comprimé dans ma bouche.

J'arque le dos en luttant contre Dante, ne voulant pas prendre son stupide médicament.

Avec son corps serré contre le mien, je ne sens que sa chaleur et son odeur sauvage. C'est un animal, et je suis son jouet avec lequel il peut jouer et faire ce qu'il veut.

Mon cou est incliné vers l'arrière, afin de pouvoir avaler plus facilement, et Dante fait descendre la pilule humide et dissoute avant que je puisse la recracher.

Je tousse et je m'étouffe. Le goût est aigre, et il fond dans le fond de ma gorge, brûlant en descendant alors que j'avale pour me débarrasser de l'amertume et de la sensation de picotement.

Dante descend de mon corps et se lève, secouant la tête.

– J'allais te laisser sortir, dans le jardin. Tu vas devoir gagner ta liberté.

– Liberté ? Je m'assieds et pousse mes jambes sur le côté du lit. Sortir avec des gardes qui surveillent mes moindres gestes et enfermée dans ton enceinte, ce n'est pas être libre.

Il serre les lèvres mais ne répond pas.

Pourquoi je crois qu'il le ferait ?

Moreno se dirige tranquillement vers la salle de bain avec mon verre d'eau vide et le remplit. Il le ramène sur la table de nuit avant de faire un pas en arrière et de se retirer dans le couloir.

Il a raison de partir.

Lui, au moins, il peut. Je suis coincée dans ma tour comme une princesse et il est le méchant.

Dante s'approche, envahissant mon espace personnel. Il me coince contre le lit, mais cette fois il est debout, il ne me plaque pas sur le matelas. Mon corps réagit à sa présence. Encore une fois.

Je ne veux pas sentir l'électricité crépiter entre nous. Si ça ne tenait qu'à moi, je ne sentirais rien.

– Tu n'as aucune idée de tout ce que j'ai fait pour toi, fulmine Dante.

Mon regard se pose sur ses lèvres, puis sur son cou. Sa chemise noire est déboutonnée juste assez pour révéler un aperçu de son torse, et je ne peux pas m'empêcher de le fixer.

Mentalement, je suis en train de le déshabiller.

Je ne devrais pas.

Il est hors-limites - une mauvaise idée.

Et je dois me concentrer pour dégager de cette prison.

Mais tout ce que je veux, c'est qu'il m'embrasse.

Qu'il me vénère.

Qu'il me commande.

Et qu'il me rappelle que je suis à lui et à lui seul. Est-ce que c'est trop demander ?

Son doigt soulève ma mâchoire pour que je lève les yeux vers son regard sombre. La colère a disparu, et Dante se penche vers le bas, effleurant mes lèvres avec les siennes.

Son baiser est rude.

Son toucher est brutal alors qu'il me repousse sur le matelas, chevauchant mes hanches.

Il y a quelques minutes à peine, nous étions dans la même position, et alors qu'il m'avait maîtrisée et mise en colère, maintenant je me sens seulement chaude et calme.

Ses baisers ont le pouvoir de me mettre à genoux.

Son autorité me fait peur. Pas à cause de qui il est ou de ce qu'il fait, mais à cause de ce qu'il me fait ressentir. Je devrais détester Dante. Je veux le détester.

Je veux aussi qu'il me baise.

Qu'est-ce qui ne va pas chez moi ?

Ses lèvres longent mon cou, et ses doigts sont rapides et brutaux lorsqu'il soulève ma chemise et déboutonne mon pantalon.

La porte de la chambre est grande ouverte, mais Dante ne semble pas s'en soucier. Peut-être qu'il aime savoir qu'il peut me revendiquer devant ses hommes ?

Cette pensée me fait frissonner d'excitation.

Je suis déjà mouillée.

– Je devrais te punir, râle Dante dans mon oreille. Il me retourne et tire mon jean sur mes fesses.

– Me punir, comment ?

J'ai presque peur de demander. Il m'a déjà forcé à avaler ce stupide comprimé.

– Mets-toi à quatre pattes, ordonne-t-il en soulevant mes hanches.

Je fais ce qu'il me dit. La fermeture éclair de son pantalon glisse vers le bas, et je jette un coup d'œil par-dessus mon épaule. Je veux le voir.

Sa bite est luisante et dure. Dante caresse son membre épaissi et pousse ma tête en avant, la penchant vers le bas alors qu'il pénètre avec force dans mon intimité serrée.

Un gémissement s'échappe de mes lèvres.

Ça ne fait pas mal. Il me remplit et me fait sentir pleine alors qu'il étire mes entrailles pour le recevoir. Chaque coup de reins est lent et prolongé.

C'est une pure torture.

– Plus fort, chuchote-je, j'en veux plus et je veux qu'il aille plus vite.

Il ne m'écoute pas. Chaque mouvement est lent et délicieusement douloureux.

Mes entrailles palpitent et pulsent autour de sa bite épaisse.

– S'il te plaît, je le supplie. Mes mains se serrent en poings lorsque les draps de lit sont tout ce que je peux attraper.

Dante pousse ma tête contre le lit tandis qu'il me baise.

Finalement, il me donne ce que je veux. Le rythme s'accélère, et mon cœur claque contre mes côtes.

Mes entrailles se resserrent.

– Pas encore ! ordonne Dante. Ne t'avise pas de jouir tout de suite.

– Putain, murmuré-je tout bas. Je suis déjà si proche, et il ne cesse de me stimuler.

Il se retire juste au moment où je suis à la limite.

J'halète, et j'ai l'impression qu'on me vole mon air dans mes poumons.

– C'était quoi ça, putain ?

J'halète, cherchant désespérément de l'air, et il me retourne sur le dos.

Il y a un sourire sournois qui se dessine sur son visage, et une lueur sombre dans ses yeux.

– Tu es à moi, grogne-t-il et il soulève mes jambes pour les mettre sur ses épaules alors qu'il s'enfonce en moi.

C'est fort et brutal, et mes entrailles palpitent à nouveau.

– S'il te plaît, le supplié-je, ne voulant pas qu'il s'éloigne de moi à nouveau. Je suis au bord du précipice, je serre les dents et j'essaie de faire durer ce moment.

– Dis-moi que tu es tout à moi, et tu pourras jouir.

Je gémis alors que la sensation persistante de chaleur se transforme en étincelles comme le premier grésillement d'un feu d'artifice avant qu'il ne soit lancé dans le ciel.

– Dante, le supplié-je.

Ses mouvements sont lents.

Je suis en train de dérailler.

Ça me tue.

– Je suis à toi. Tout à toi.

Il peut faire ce qu'il veut de moi, là. Tout de suite.

– Bonne fille.

Ses mouvements s'accélèrent et claquent contre moi alors qu'il s'enfonce dans ma chaleur.

Je suis au bord du précipice, je ne fais même pas semblant de faire taire l'orgasme imminent qui se répand dans mon corps comme un feu brûlant d'intensité alors qu'il me pénètre.

Un.

Deux.

Trois coups de plus, et il se déverse dans ma chaleur tandis que mes entrailles palpitent et se resserrent, le tirant plus fort, plus près.

Mon cœur et nos respirations difficiles sont tout ce que j'entends quand il roule sur le lit à côté de moi.

31

DANTE

J'AI envie de hurler sur Nicole. La colère me traverse et brûle comme un brasier.

Mais qu'est-ce qui ne va pas chez elle ?

Pourquoi a-t-elle fait semblant de prendre son médicament ? Après tout ce que j'ai fait pour la protéger, elle croit toujours que je suis le monstre.

Ça ne veut pas dire que je suis un saint.

Je ne le suis pas. J'ai tué des hommes.

Mais même moi, il y a une ligne que je ne franchirais pas, et c'est celle de blesser une femme innocente - surtout si elle est enceinte de moi.

Ne réalise-t-elle pas que je n'ai pas l'intention de lui faire du mal ? Je la garde ici pour la protéger.

Son père était prêt à l'empoisonner, à la torturer et à la vendre pour qu'elle épouse n'importe quel homme pour un prix raisonnable.

Il y a un bébé qui grandit en elle.

Mon bébé.

Je me mets sur le côté et pose ma main sur son abdomen. Elle semble à peine le montrer, mais elle n'a pas beaucoup mangé non plus depuis qu'elle est arrivée.

Je dois faire mieux.

Si cela signifie la forcer à manger, qu'il en soit ainsi. Tout ce qu'il faut pour s'assurer que mon fils ou ma fille est en bonne santé. Même si Nikki me déteste pour ça, quel autre choix y a-t-il ?

Un silence pesant s'installe dans la pièce avant que je ne me pousse enfin du matelas et que je remette mes vêtements. Mes hommes n'ont pas besoin de voir mon cul nu ou autre chose, même si nous avons laissé la porte grande ouverte.

Bien.

Qu'ils sachent qu'elle est à moi.

Elle est interdite à tout homme qui ne ferait que la regarder.

Je le tuerai.

Mes hommes savent mieux que quiconque qu'ils ne doivent pas me trahir. Mais ça ne m'a pas empêché de la revendiquer avec la porte grande ouverte pour que tous mes hommes en soient témoins.

– Habille-toi, ordonné-je.

Nikki ne bouge pas du lit. Ses cheveux sont éparpillés sur les draps blancs soyeux. Elle a l'air angélique.

Elle est tout sauf un ange. Son père est Gino DeLuca.

Et pourtant, je l'ai laissée entrer chez moi. Je l'ai protégée. Je l'ai ravagée.

L'appréciation que je reçois est nulle.

Vide.

Rien.

– Lève-toi !

J'en ai assez qu'elle m'ignore. Je suis le putain de roi de ce château et de la famille. Elle va m'écouter. M'obéir. Et faire ce que je lui ordonne.

Son souffle se bloque dans sa gorge, et elle sort du lit, emportant les draps avec elle. Comme si je n'avais pas vu et marqué chaque centimètre de sa chair nue.

Depuis quand est-elle timide ?

C'est de la comédie ? Je la regarde se précipiter pour ramasser ses vêtements et se précipiter dans la salle de bain.

Il n'y a toujours pas de porte, et je peux voir chaque centimètre de son corps, mais je fais semblant de m'en foutre. Comme si sa nudité ne signifiait rien pour moi alors que tout ce que je veux, c'est la jeter à nouveau sur le lit et la baiser encore une fois.

Un seul regard sur elle, et je deviens dur.

J'attends près de la porte ouverte de la chambre et je gigote sur mes pieds. Elle est une distraction insupportable. Nikki va me faire tuer si je ne suis pas prudent.

Mais je sais que ça en vaut la peine.

Elle en vaut la peine.

Elle a mis le t-shirt qu'elle portait plus tôt, mais il est évident qu'elle ne porte pas de soutien-gorge.

Je ferme ma bouche, essayant de ne pas la fixer.

Son jean épouse ses courbes de toutes les délicieuses manières possibles. Elle sort de la salle de bain en déambulant, sans avoir l'air d'avoir été baisée il y a un instant.

Comment diable fait-elle ça ? Jouer avec mon cœur et ma bite.

– Je suis habillée, dit-elle en désignant les vêtements qu'elle porte.

– Bien. Je t'emmène dehors dans le jardin.

Moreno a raison. Une femme enceinte a besoin de soleil et, surtout, de vitamine D.

Sa lèvre inférieure se coince entre ses dents, et elle me suit hors de la chambre. Je laisse la porte ouverte. Il n'y a pas de raison de la fermer ou d'empêcher quelqu'un d'autre d'entrer.

Ma main tombe sur le bas de son dos, trouvant l'endroit idéal pour se poser pendant que je la conduis dans les escaliers et à travers la cuisine.

Il y a une porte à l'arrière, une entrée qui mène directement au jardin. Il y a une petite clôture, qui pourrait facilement être escaladée, mais il y a un portail plus grand juste à l'extérieur, avec des gardes au poste et le long de la limite de la propriété.

Elle n'ira nulle part, même si elle essaie de s'enfuir.

– J'ai pensé qu'un peu de soleil te ferait du bien, dis-je en ouvrant la porte et en la laissant sortir la première.

– Tu trouves que je suis pâle ?

Elle hésite d'abord à poser un pied, puis l'autre, sur les pavés.

Est-ce de la méfiance ?

Je la suis dehors et ferme la porte derrière nous. Il n'y a pas de raison de laisser la climatisation sortir.

Ses épaules retombent et sa tête se penche en arrière, les yeux fermés, se prélassant dans la chaleur éclatante du soleil qui brille au-dessus de nos têtes. Le ciel est bleu sans le moindre nuage au-dessus ou à l'horizon.

En la contournant, je me dirige vers le banc en bois et m'assois. Il y a des fleurs qui poussent le long de la clôture pour la décoration, mais la plus grande partie de l'intérieur du jardin contient des légumes et des herbes pour la cuisine et la préparation des repas.

Je m'assieds sur le banc et la regarde. Le coin de ses lèvres se courbe en un léger sourire. Elle semble béate, presque heureuse.

Mon intention n'a jamais été de la garder ici, enfermée dans ma maison.

Mais elle est enceinte de mon enfant. Quelle autre option y a-t-il ?

Après plusieurs minutes, elle vient s'asseoir à côté de moi sur le banc. Ses doigts sont repliés sur le bord du bois, agrippés au siège.

– Merci, murmure-t-elle.

– Je voudrais penser que je peux te faire confiance, Nicole.

Elle frissonne, et je ne peux pas dire si c'est involontaire, ou si elle a froid. Le soleil est chaud, mais j'ai aussi une chemise et je suis habillé pour la journée, pour le travail.

– S'il te plaît, appelle-moi Nikki. Il n'y a que Papa qui m'appelle Nicole.

Sa voix est distante, ses yeux sont fixés sur les fleurs. Ou peut-être est-ce la petite barrière à quelques mètres de là, au bord du jardin.

Il y a quelque chose dans la façon dont elle dit Nicole, la façon dont son nez se fronce et sa lèvre inférieure ressort, qui laisse entendre qu'elle n'aime pas ça.

– Nikki, j'aimerais te faire confiance. Nous sommes inévitablement liés à partir de maintenant, avec ce bébé qui grandit en toi. Mon bébé, dis-je.

Je brosse une mèche de ses boucles sombres derrière son oreille.

– Un bébé ne devrait pas grandir sans deux parents. Et ton père. C'est avec sa bénédiction que nous allons nous marier.

– QUOI ?

Je jurerais que mes yeux sortent de ma tête, et je saute de mon siège sur le banc dehors dans le jardin.

Il vient vraiment de me demander en mariage ?

– C'était la pire demande en mariage de l'histoire des demandes en mariage, dis-je.

Et depuis quand a-t-il parlé à Papa de m'épouser ? Il sait que je suis enceinte ?

– Eh bien, je n'ai pas vraiment planifié tout ça, au cas où tu ne l'aurais pas remarqué.

La réponse de Dante est rapide.

Je croise mes bras sur ma poitrine.

– Tu ne veux pas m'épouser.

Il y a une douzaine de raisons pour lesquelles je peux penser que c'est une mauvaise idée. Veut-il que je les énumère ?

– Je ne veux pas que mon enfant ne connaisse pas son père, et je suis presque sûr qu'à la première occasion, tu vas partir.

Je ris doucement. Croit-il qu'une bague va changer ça ou bien un tas de vœux et un bout de papier ?

– Non. Je ne t'épouserai pas. Je ne t'épouserai jamais. Il est fou s'il pense que je veux être ici, avec lui, pour toujours.   Au cas où tu l'aurais oublié, je suis ta prisonnière, Dante.

Sa mâchoire est serrée, et ses lèvres sont une ligne ferme quand il me regarde fixement.

– Tu es traitée comme une princesse. Pas comme une prisonnière. Tu veux voir mon sous-sol où je retiens les hommes qui me volent ?

Ma bouche devient sèche.

– C'est de ça qu'il s'agit ? Ton stupide 4x4 que j'ai volé.

Je n'arrive pas à croire qu'il n'a pas encore laissé tomber. Je ne savais pas qui il était, sinon je n'aurais pas pris le risque de l'énerver.

– Non, c'est le fait que je t'ai acheté à ton père.

Est-ce que je l'ai bien entendu ?

– Quoi ? demandé-je.

Non.

Je n'ai pas pu entendre ce qu'il a dit. Ou plutôt, il ne le pensait pas comme il l'a dit.

Secouant la tête, je fais un pas en arrière, le bout de mes pieds contre les planches de bois contenant les légumes derrière moi.

– Tu mens.

Quoi qu'il ait l'intention de dire, je ne le crois pas. Je ne peux pas le croire. Parce que sinon, cela signifierait la pire chose imaginable, que mon père était derrière mon enlèvement.

Ça ne peut pas être vrai.

Papa ne m'aurait pas fait enlever, séquestrer, humilier et vendre.

– Non, dis-je en secouant la tête avec consternation.

C'est le seul mot que je peux dire. Le seul mot que je répète encore et encore parce que je ne veux pas y croire.

Je ne peux pas y croire.

– Je lui ai juré de ne pas te le dire, s'emporte Dante. Il se lève et fait les cent pas sur les pavés, ses pieds piétinant les briques, chaque bruit sourd et lourd de son poids et de la colère qui se dégage de lui.

– Je ne peux pas, Dante, je ne peux pas , dis-je et je me précipite vers la porte de la cuisine.

Je ne peux pas entendre ses excuses.

Je ne veux pas les entendre, ni les croire. Rien de tout cela ne peut être vrai, car si c'est le cas, je ne sais plus où est ma place dans ce monde.

Il ne me court pas après.

Ou s'il le fait, je suis plus rapide que lui et je ne l'entends pas me suivre.

Je me précipite dans la cuisine, puis dans le couloir jusqu'au foyer. J'attrape une paire de chaussures laissée près de la porte. Elles sont deux tailles trop grandes, mais je m'en fiche. J'enfile les chaussures d'homme noires et brillantes et je me précipite dehors.

Un des gardes me dit quelque chose, mais je ne l'entends pas. Tout est flou, un tourbillon alors que je cours vers la porte.

Mes pieds crissent sur le gravier, puis dans l'herbe. Les portails en métal sont hauts et pointus, dangereux à escalader.

– S'il vous plaît, supplie-je, en courant vers l'entrée verrouillée.

Qu'est-ce qui me fait croire qu'ils vont me laisser partir ?

Pourquoi ai-je pensé qu'il me donnerait un jour ma liberté ?

Le garde à la porte décroche le téléphone alors que je m'approche.

– Oui, monsieur, dit le garde et clique sur le bouton déverrouillant le portail.

Il est lent à ouvrir, mais je m'en fous. Je passe après qu'il se soit ouvert de quelques centimètres, assez pour me libérer. Je ne peux pas prendre le risque qu'il revienne sur sa décision et me fasse revenir.

33

DANTE

– OUVRE LE PORTAIL, dis-je au garde qui se tient au poste.

De la fenêtre avant, je regarde Nikki partir. Elle se glisse derrière le fer forgé et court.

Jusqu'où ira-t-elle ?

Où ira-t-elle ? Retrouver son père qui l'a empoisonnée ?

Moreno s'avance vers moi, et je jure qu'il porte un sourire suffisant derrière son masque.

– Ne dis pas un mot, préviens-je. Je ne suis pas d'humeur à gérer ses conneries ou celles des autres aujourd'hui.

– On peut aller en boîte, trouver une jolie fille pour te changer les idées, suggère-t-il.

Je soupire doucement.

– C'est ce qui m'a mis dans ce foutu pétrin.

Il était là. Moreno devrait se souvenir de la nuit où j'ai rencontré Nikki. Bien qu'il ait fait un bon travail en prétendant ne pas avoir remarqué que Nikki et moi baisions dans mon club.

– Je veux une paire d'yeux sur elle à tout moment, dis-je. C'est pour sa protection.

Moreno ne remet pas en question mes motivations. Il sait ne pas me remettre en question et fait un signe de tête aigu.

– Je m'en occupe. Tu veux que j'envoie un de nos soldats ?

– Je veux que tu le fasses, dis-je. Avec de lourds bruits de pas, j'entre dans mon bureau.

J'ai la tête qui tourne, et je suis sur le point de vomir.

Pourquoi diable l'ai-je laissée partir ? Qu'est-ce qui m'a pris ?

Je déboutonne les deux premiers boutons de ma chemise. La sueur coule sur mon front. Ma chemise est étouffante.

Bon sang, cette pièce est étouffante.

– Patron, elle va me reconnaître.

Il n'a pas tort. Nikki a passé assez de temps avec Moreno pour savoir que je l'ai envoyé pour la suivre.

– Bien.

Je ne vais pas cacher le fait que nous gardons un œil sur elle. Elle est partie avec mon enfant qui grandit en elle.

Il pousse un gros soupir.

– Tu sais que je ferais tout ce que tu me demandes, patron. Je veux juste souligner que c'est une mauvaise idée.

Dans mon bureau, sur le long meuble en bois contre le mur, il y a une carafe avec du whisky. Je retourne un verre et verse le liquide ambré.

– Noté.

Je me fous de ce qu'il pense. Peut-être que je ne devrais pas. Il est la seule personne en qui j'ai confiance pour être honnête avec moi, de manière directe. Mais finalement, c'est moi qui fixe les règles et qui les applique.

Je fais tourner le liquide sur le bord du verre avant de le boire d'un trait. La brûlure lorsqu'il glisse dans ma gorge est la seule satisfaction que j'obtiens aujourd'hui.

– Qu'est-ce que tu attends ? lancé-je par-dessus mon épaule, sans même me retourner pour le regarder.

– Bien sûr. Je te ferai un rapport sur ses déplacements, dit Moreno. Il sort en trombe du bureau.

Va-t-elle voler un autre véhicule dans sa tentative d'évasion ?

Je passe une main dans mes cheveux avant de me servir un deuxième verre de whisky - la colère me prend aux tripes.

Pourquoi l'ai-je laissée partir ?

Je bois le verre et le jette à travers la pièce. Il se brise en heurtant le mur et tombe sur le sol en petits éclats.

Avec lui, mon cœur se brise.

Nikki est partie.

La défaite m'écrase mais ne me retient pas pour autant.

Je la ramènerai, même si elle se débat et hurle.

34

NICOLE

ÇA SEMBLE SURRÉALISTE, l'évasion.

Sauf que, est-ce une évasion quand votre ravisseur déverrouille la porte et vous laisse partir ?

Pourquoi m'a-t-il laissé partir ? Dante a-t-il réalisé que je n'étais pas à lui et que je ne le serais jamais ? Comment ça, il m'a achetée à mon père ?

Non, c'était une ruse. Ce devait être une tactique de manipulation utilisée pour susciter la peur et la méfiance.

Eh bien, je ne fais pas confiance à Dante, c'est sûr.

Je ne sais toujours pas pourquoi il m'a laissé partir. Peut-être que c'était un moment de faiblesse. Quoi qu'il en soit, ça n'a pas d'importance.

Je me dépêche de suivre le chemin qui traverse la forêt et coupe à travers le flanc de la montagne, en direction de la ville. Je suis le sentier et garde un rythme régulier.

De temps en temps, je regarde par-dessus mon épaule. J'entends du bruit au loin, le bruissement des arbres et des branches. Je n'arrive pas à savoir si c'est quelqu'un qui me suit ou le vent.

C'est probablement l'un des hommes de Dante.

Je grimace en me dépêchant de traverser la rive. Mes chaussures qui sont trop grandes sont maintenant remplies d'eau.

Super. Je ne peux pas les enlever sans m'écorcher le dessous des pieds, mais chaque pas est de plus en plus bruyant à mesure que mes pieds pataugent. Au loin, j'aperçois une cabane en rondins et un panneau en bois qui se balance au gré du vent : La cabane du bûcheron.

———

Je m'assois au comptoir et sirote mon verre d'eau.

Le monsieur derrière le comptoir me demande :

– Vous voulez quelque chose à manger ?

Je n'ai pas d'argent. Mais j'imagine que si j'appelle Papa, il viendra me tirer d'affaire et me paiera ce que je mangerai. La vérité est que je n'ai pas faim.

La réaction de combat ou de fuite s'est en effet déclenchée quand j'ai couru.

– Avez-vous un téléphone que je puisse utiliser ? demandé-je.

Les yeux de l'homme se rétrécissent un peu. Il est grand, avec de larges épaules et une barbe épaisse et touffue. Si je devais deviner, il est le propriétaire de l'endroit.

– Votre voiture est en panne ? demande-t-il. Je peux demander à un de mes potes de la remorquer.

Je sirote mon eau et ma bouche est toujours sèche. Mes lèvres sont comme le désert.

– Non, je suis juste un peu dans le pétrin.

Je ne veux pas développer.

La confiance est un sujet délicat en ce moment, et bien qu'il soit beau et agréable à regarder, je repère l'alliance sur sa main.

Dommage qu'il soit indisponible.

Je suis aussi enceinte.

Ce sont probablement les hormones qui se déchaînent dans mon corps qui me donnent envie de baiser n'importe quel homme avec un pouls.

Eh bien, ce n'est pas exactement vrai. Je ne veux pas baiser Dante. Du moins pas encore.

Ok, peut-être pas maintenant.

– Compris.

Il sourit chaleureusement et sort son téléphone portable de sa poche.

– Je m'appelle Lincoln, au passage. Appelle-moi quand tu auras fini.

Il déverrouille son portable et me le tend.

– Merci.

Je le regarde traverser le restaurant. Dans la cabine du coin se trouve une femme d'une vingtaine d'années, peut-être d'une trentaine. Je ne suis pas douée pour deviner les âges, mais elle est belle et étrangement familière.

Je ne sais pas pourquoi. Je ne devrais pas connaître quelqu'un de cette ville.

Pourtant, j'ai l'impression de la connaître.

Je l'ai déjà vue auparavant.

Je ne la reconnais pas du complexe où j'étais retenu prisonnière Du moins, je ne pense pas qu'elle y était.

Elle sourit et rit avec Lincoln. La fille est belle, magnifique, elle a probablement gagné des concours de beauté et aurait pu être mannequin.

A côté d'elle, il y a deux petits.

Non, elle n'était pas au complexe.

Elle lève les yeux vers moi et me sourit chaleureusement. J'ai l'impression d'avoir été surprise en train de la fixer et je détourne mon regard. Je tape le numéro de portable de Papa et j'attends qu'il décroche.

– Lincoln, qu'est-ce que tu veux, bon sang ?

La voix de Papa résonne dans le téléphone.

Comment connaît-il Lincoln ?

– Papa, c'est moi, Nicole, dis-je. Quand j'utilise le nom qu'il préfère, un frisson me parcourt, le seul nom par lequel il m'appelle.

– Nicole, ma chérie. Où es-tu ? Pourquoi tiens-tu compagnie à une ordure comme Lincoln ? C'est avec lui que Dante fait la conversation ?

Je me frotte le front, frustrée que Papa ne prenne pas deux secondes pour s'inquiéter pour moi, ne serait-ce que pour me demander comment je vais. Avait-il seulement prévu de venir me sauver ou de me laisser pourrir et mourir avec Dante ?

– Papa, j'ai besoin que tu envoies une voiture pour me récupérer. Je suis à la Cabane du Bûcheron.

Il renifle.

– Bien sûr, ma chérie. Je vais envoyer Vance bientôt. Pourquoi diable ma princesse est avec des hommes comme ça ? Ces hommes que Dante fréquente sont dangereux, Nicole. Ne leur fais pas confiance.

Avant que je puisse dire autre chose, la ligne est coupée. Papa met fin à l'appel sans même me dire au revoir.

Je soupire et descends du tabouret, en trottinant avec mes chaussures mouillées jusqu'à Lincoln et, je suppose, sa famille.

– Tout va bien ? Tu as pu joindre qui tu voulais ? demande Lincoln.

– Oui, merci, dis-je, et je lui tends son téléphone.

La femme sourit à Lincoln et confie la fille à son mari, je suppose. Elle sort de la cabine et me guide doucement par le bras en m'éloignant.

– Tu vas bien ? demande-t-elle. Sa voix est douce et gentille, amicale. Son sourire semble sincère, et ses yeux brillent de quelque chose que je ne reconnais pas vraiment. De l'inquiétude ? Je ne suis pas sûre d'avoir déjà reconnu cette expression sans qu'elle soit empreinte de peur.

Elle jette un coup d'œil à mes chaussures trempées. Ce ne sont pas les miennes, surtout compte tenu de ma tenue.

– Tu as besoin d'aide ? propose-t-elle. Je m'appelle Harper.

Je tiens compte de l'avertissement de Papa. Il ne faut pas faire confiance à ces gens.

– Je vais bien. Votre mari, il m'a laissé emprunter son téléphone. Ma famille sera bientôt là pour venir me chercher. Je pointe vers la porte. Je peux attendre dehors.

Il vaudrait peut-être mieux que j'attende dehors pour mettre de la distance entre moi et ces gens. Ils ont l'air gentil, mais les apparences peuvent être trompeuses. Je l'ai appris à la dure avec Dante.

Il a introduit un bébé en moi.

Non pas que je m'inquiète que Lincoln ou Harper fassent la même chose. Ils semblent heureux, agréables, et peut-être que dans une autre vie, nous aurions pu être amis.

Mais pas dans cette vie.

Et certainement pas aujourd'hui.

La porte du restaurant grince et s'ouvre. Je tourne sur mes talons et mes pieds trébuchent. Harper m'attrape le coude et la hanche pour m'empêcher de toucher le sol.

Je veux marmonner des remerciements, mais ces mots ne sortent pas quand je fixe l'homme qui entre dans le restaurant.

Que fait Moreno ici, bon sang ?

Je me libère de l'emprise de la femme.

– Tu devrais y aller, chuchoté-je. Je ne suis pas sûre si je le dis à Harper ou à Moreno. Les mots remplissent l'air, et elle fait un pas en arrière et se précipite vers l'endroit où elle était assise plus tôt.

– Que fais-tu ici, Moreno ?

Lincoln rend rapidement sa petite fille à Harper et se précipite vers la porte pour l'affronter.

Je suis stupéfaite qu'ils se connaissent, et qu'ils ne semblent pas en bons termes. Je croyais qu'il n'y avait que deux familles mafieuses en conflit à Breckenridge. Lincoln ne fait pas partie de la famille DeLuca et ne semble pas non plus être en bons termes avec les Ricci.

– Je viens juste pour la nourriture.

– C'est ça ! Lincoln montre la porte du doigt. Tu n'es pas le bienvenu. J'ai passé des mois à faire rénover cet endroit à cause d'hommes comme toi, fulmine Lincoln.

Moreno esquisse un sourire en coin.

– C'est possible, mais ce ne sont pas mes hommes qui ont démoli ton commerce. Ces bâtards ne travaillent pas pour mon patron, et je ne travaille pas pour toi. J'ai des ordres, et je les suis.

Ses yeux restent sur moi, et le regard de Lincoln suit rapidement.

– Oh, putain de merde. Il jette ses mains en l'air. C'est l'une des vôtres ?

Ses joues deviennent rouges.

– Je ne suis à personne, dis-je, mais ce n'est pas comme si l'un d'eux m'entendait. C'est comme si j'étais invisible.

– COMMENT ÇA, tu l'as perdue ?

Je serre mon portable contre mon oreille et je fais les cent pas dans le couloir devant mon bureau.

Je n'arrive pas à rester en place assez longtemps pour travailler. Je suis comme ça depuis que je l'ai laissée partir.

– Vance est venu la chercher. Je suppose qu'elle a appelé Papa Chéri, dit Moreno.

C'est tout ce que j'ai besoin d'entendre. Mes pieds martèlent le sol, et je balance la porte de mon bureau ouverte. J'appuie sur l'interrupteur, et mes yeux se plissent à cause des lumières halogènes brillantes et aveuglantes du plafond. Je devrais les faire remplacer.

Je m'affale sur ma chaise derrière mon bureau et je sors la tablette qui est reliée à la vidéosurveillance de la résidence de DeLuca.

En m'adossant à ma chaise, une main s'accroche à la tablette et l'autre à mon téléphone.

– Eh bien, elle n'est pas encore rentrée.

Je bascule dans une demi-douzaine d'écrans avec de multiples angles et points de vue à l'intérieur et à l'extérieur de la propriété de Gino. Je devrais avoir une vue décente de son arrivée, si c'est là que Vance l'emmène.

Un creux se forme dans mon estomac.

Et s'ils la renvoyaient au camp et la terrorisaient à nouveau ?

Penser à des choses aussi horribles ne fera que m'inquiéter inutilement. Si ce n'était pas pour l'enfant qu'elle porte, je ne suis pas sûr que je serais aussi catégorique pour la poursuivre.

Est-ce la seule raison pour laquelle je la veux ici, avec moi ?

– Je suis Vance, mais on dirait qu'ils retournent chez Gino, dit Moreno.

– Reviens ici. Ça ne sert à rien de les suivre plus loin. Je garde un œil attentif sur la tablette, faisant défiler les écrans, juste au cas où il y aurait quelque chose qui mérite une enquête.

– Bien sûr, patron.

Je termine l'appel, et le téléphone tombe avec un bruit sourd sur mon bureau. Il me faut toute ma force pour ne pas le jeter à l'autre bout de la pièce.

Mes doigts me démangent de colère et d'anxiété. Je serre les mains en poings et expire bruyamment par le nez.

Le bureau est chaud.

Et étouffant.

À deux mains, je saisis la tablette, fixant l'écran et les multiples angles de caméra provenant de différents endroits proches de la propriété des DeLuca.

La seule pièce qui a un micro est le bureau de Gino, et il est vide.

Je passe en revue les séquences vidéo, à la recherche de tout ce qui pourrait me donner un avantage.

Gino se tient sur le porche, les bras croisés sur sa poitrine. Il attend que Nikki arrive chez lui.

Je regarde deux autres caméras et je vois le portail s'ouvrir. Derrière, un SUV attend pour entrer.

Je ne peux pas voir le conducteur, et encore moins qui est dans le véhicule, mais je suppose que c'est Nikki, et bientôt, je le saurai sans aucun doute.

Le SUV s'arrête brusquement devant l'entrée et la porte du passager s'ouvre. La vidéo clignote mais revient aussi vite qu'elle a vacillé.

Nikki sort du SUV et se tient devant son père. Il est plus grand qu'elle, d'autant plus qu'il se tient sur la marche juste au-dessus d'elle.

Ses épaules sont affaissées et sa tête baissée. Je ne peux pas lire ses lèvres, et encore moins les voir de mon angle actuel.

Il n'y a pas de câlins. Pas de bonjour chaleureux d'après ce que je peux voir. La vidéo est excellente, mais ce n'est pas encore parfait. La lumière du soleil interfère, et leur position ne me donne aucun avantage non plus.

Gino montre la porte d'entrée, et je jure qu'elle tape du pied vers l'intérieur.

Peut-être que c'est dans ma tête, et j'imagine l'insolence qui se dégage d'elle.

Je parcours les flux vidéo et lève les yeux quand j'entends des pas s'approcher de mon bureau.

Moreno entre dans mon bureau et ferme la porte derrière lui.

Je le regarde à peine.

– C'est juste une fille. Il y en a plein d'autres dehors, dit Moreno.

Je proteste à sa suggestion.

– Elle porte mon enfant. Je n'aurais pas dû la laisser partir.

Je claque mon poing contre le bureau en bois. La colère fait bouillir mon sang, elle coule dans mes veines.

La dernière chose dont j'ai besoin est de paraître faible. La laisser partir était une erreur, une erreur que je dois réparer.

J'ai merdé.

Et pas qu'un peu.

Je laisse tomber la tablette sur le bureau et me lève.

– Quel est le plan ? demande Moreno. Il a déjà une longueur d'avance. Nous avons travaillé ensemble étroitement pendant si longtemps qu'il a la capacité étrange de savoir ce que je pense.

– On s'introduit dans la propriété des DeLuca et on la kidnappe ?

Quand il le dit comme ça, ça semble horrible, mais elle est à moi, et ce bébé est à moi. Je ne peux pas laisser quoi que ce soit arriver à l'enfant qu'elle porte.

– Son père l'a empoisonnée, dis-je en levant les mains au ciel. De la manière dont je le vois, on monte une mission de sauvetage.

Moreno esquisse un sourire.

– Comme tu veux le voir, patron. Soudainement, on est les gentils.

Il rit doucement.

Ouais, c'est fou.

36

NICOLE

– PAPA.

Je sors du 4x4 et me dirige vers l'entrée.

Il se tient au-dessus de moi sur la dernière marche, me dominant de toute sa hauteur. Ses bras sont croisés sur sa large poitrine, et il ne semble pas le moins du monde heureux de me voir.

Pourquoi ça ?

Je sais que je suis partie en colère et que techniquement j'ai fugué, mais ça me semble être il y a des lustres. Il m'a vue la nuit où j'ai été kidnappée.

Il n'était pas inquiet que je sois forcée de partir avec Dante ?

– Tu es la honte de la famille, dit Papa.

Je ne m'excuse pas. Je me mords la langue pour garder mes lèvres scellées et mes pensées contenues.

– Sais-tu les problèmes que tu as causés ? Les heures de main-d'œuvre pour s'occuper de toi et de ton cinéma ? me gronde Papa.

Est-ce que ça veut dire que si j'avais tenu un peu plus longtemps chez Dante, Papa aurait fini par venir me chercher ?

La réprimande continue.

– Le temps que tu seras sous mon toit, je veux que tu respectes mes règles, Nicole. D'abord, tu vas monter dans ta chambre et te faire belle. Bien que tu aies pu penser avoir échappé à un mariage, je peux attester du fait que tu seras mariée.

– Quoi ? Je ne peux plus me taire. Papa, non !

A-t-il perdu la tête ?

Il montre la porte du doigt.

– A l'intérieur et en haut. Maintenant !

Sa voix me donne un frisson involontaire.

Je me précipite dans la maison, mes chaussures frappent le sol alors que je monte en trombe les escaliers jusqu'à ma chambre.

Je claque la porte de la chambre et je sens la maison vibrer.

C'est comme si j'avais à nouveau douze ans et que j'étais punie pour avoir fait le mur. Je jette les chaussures qui sont celles de Dante ou d'un de ses hommes. Je ne suis pas sûre, et je m'en fous.

Elles finiront à la poubelle plus tard.

Je m'assois au bord du lit et me laisse tomber sur le matelas, mes jambes pendent sur le côté.

Venir ici était une erreur.

J'ai mal au cœur et mon estomac est noué, mais il n'y a pas de larmes, seulement des années de colère enfouies au fond de moi, prêtes à s'échapper.

Je ne bouge pas de ma place sur le lit. Je ne suis pas tout à fait enfermée dans ma chambre comme je l'étais avec Dante, mais je n'ai nulle part où aller sans être réprimandée. Surtout ce soir.

Il y a un coup ferme à la porte de la chambre.

– Entrez, dis-je.

Papa ne frapperait pas. Il ferait juste irruption à l'intérieur.

Vance ouvre la porte de la chambre et entre dans la pièce. Il me jette un coup d'œil par-dessus son épaule.

– Ton père m'a demandé de venir te voir.

Il lève un doigt pour attendre, puis il ferme la porte derrière lui.

Je ne suis pas d'accord avec ses pitreries ou ses jeux. Vance est le second de Papa. Il est aussi loyal qu'on puisse l'être. C'est pratiquement un chien qui le suit partout avec le désir de lui faire plaisir.

Je m'assieds, lui donnant mon attention, mais c'est tout ce qu'il aura.

– Je ne vais épouser personne.

Je ne suis pas le moins du monde ravi d'être de retour.

C'est moi qui ai fait ça. Je pouvais fuir et recommencer à zéro, et j'aurais dû le faire.

– Tu devrais te doucher et t'habiller. Il sera là pour le dîner, et on ne sait jamais, tu pourrais bien l'aimer, dit Vance.

Il est doué avec les gens et sait comment gagner le cœur de nombreuses femmes.

Mais il n'arrive pas à me convaincre de participer.

– Voilà une idée. Pourquoi ne pas y aller à ma place ? plaisanté-je.

– Le sarcasme ne te va pas, répond Vance.

Je hausse légèrement les épaules et j'étire mes bras.

– Je ne vais pas dîner avec un type que Papa m'a présenté.

Il n'y a aucune chance qu'il puisse me convaincre. D'ailleurs, je n'ai pas faim. Je n'ai pas faim depuis un bon moment.

L'idée de manger et de devoir être gentille avec un inconnu me fait trembler et me retourne l'estomac.

Ou peut-être que c'est la grossesse ou cette stupide fièvre dont Dante m'a dit que j'étais infectée.

Dans tous les cas, d'une seconde à l'autre, je suis sur le point d'être malade.

Je saute du lit et traverse la pièce en direction de la salle de bain reliée. Je claque la porte, j'appuie sur l'interrupteur, et je soulève le couvercle.

Je prie pour que Vance ne me suive pas ou ne pose pas de questions. Il peut croire que c'est une intoxication alimentaire ou les nerfs. Je me fous de ce qu'il croit, mais je ne vais pas divertir un client de Papa.

– Tu ne peux pas te cacher là-dedans pour toujours, me crie Vance en frappant à la porte.

– Si, je peux. Va-t'en !

Le silence suit pendant plusieurs minutes interminables. Peut-être qu'il m'a entendu vomir, ou qu'il a décidé de me laisser un peu d'espace. Je doute qu'il me laisse un peu de répit.

Il va revenir.

Je finis dans la salle de bains et retourne en titubant au lit, allongée au-dessus des couvertures fraîchement mises en place. Les draps sont bien serrés, et je tire sur la couette pour me glisser dessous. Je me fiche que les rideaux soient ouverts et que ce soit le milieu de l'après-midi.

Je suis épuisée.

Je m'assoupis. Je ne sais pas pour combien de temps quand j'entends le lourd bruit de chaussures qui montent les escaliers, descendent dans le couloir et se dirigent vers ma chambre.

C'est assez fort pour réveiller les morts.

Putain.

Papa arrache ma porte, la poignée se brise dans sa main.

Il n'a pas fallu grand-chose, honnêtement. Les vis étaient desserrées, et la poignée était bon marché et devait être réparée.

– Je me fiche de savoir si tu veux rejoindre Romano pour le dîner ou pas. Tu l'accompagneras et tu seras habillée convenablement. Si tu ne peux pas faire ça, je demanderai à Vance de te laver, de t'habiller et je t'escorterai en tant que chaperon.

– Tu n'enverras pas Vance comme chaperon ?

La réponse de Papa est sèche. Il n'y a ni sourire ni lueur dans ses yeux.

– Non, dit-il.

Je l'ai déçu. C'est évident, et je m'en fous, mais si je dois rester ici, alors je dois trouver un moyen de le convaincre de me laisser tranquille.

Est-ce que je lui parle du bébé ? C'est mon ticket pour échapper à sa folie ? Il veut me marier.

Pourquoi ? Pour son empire ou pour une autre raison que je ne peux même pas comprendre ?

Ses idées ont toujours été dépassées. Je n'y ai jamais beaucoup pensé avant de partir à l'université. C'est dommage que je sois rentrée à la maison. C'était la plus grosse erreur de ma vie.

Après être revenue ici.

Et le bébé.

Bon, d'accord, ça fait trois.

Je ne prends pas de bonnes décisions.

Ce n'est pas comme si j'avais été élevée dans une famille stable avec une enfance normale. Mon père était dans la mafia, et même s'il n'était pas Don, il a gravi les échelons rapidement. Ça n'arrive pas en étant gentil ou empathique.

C'est un tueur.

Je ne suis pas idiote. Je sais ce qu'il a fait, mais ça ne veut pas dire qu'il doit m'envoyer et me marier au plus offrant.

– Tu n'as rien à dire pour ta défense, Nicole ?

Il attend des excuses, ou au moins un mot d'acceptation.

Il veut ma défaite.

Eh bien, il ne l'aura pas.

– Je ne peux pas épouser Romano, dis-je. Je sais exactement ce qui va mettre Papa en colère - lui dire la vérité.

Je préfère qu'il me mette à la porte, qu'il me jette dehors, plutôt que de me forcer à épouser un étranger.

En expirant nerveusement, je laisse les mots sortir.

– Je suis enceinte.

Il n'y a aucune trace d'émotion, et la colère à laquelle je m'attendais est bien cachée, si elle existe. Papa a appris à canaliser ses émotions principalement dans la colère.

Je suis aussi bien placée pour savoir qu'il est déçu de moi.

Papa lève une main pour indiquer qu'il en a assez entendu.

– Douche-toi, habille-toi et prépare-toi pour que Romano te rejoigne pour le dîner.

– On sort ? demandé-je. Si Papa me laisse partir avec Romano, il y a une chance que je puisse m'échapper à pied. Ou voler un autre véhicule. Mais cette fois, je ne me ferai pas prendre.

Ses yeux se plissent alors qu'il me regarde.

– Partir ? Non, je ne te ferai pas confiance en dehors de ces quatre murs jusqu'à ce que tu sois mariée.

L'air est volé de mes poumons.

– Quoi ?

Il ne peut pas être sérieux. Il ne me retiendrait pas prisonnière, n'est-ce pas ?

– Je suis fatigué de tes gamineries, Nicole. Tu vas épouser Romano.

J'aimerais que Mamma soit encore là. Elle était la seule personne qui pouvait lui tenir tête, même s'il n'avait pas été particulièrement gentil avec elle non plus.

– Je dois l'épouser, même si je ne l'aime pas ?

– L'amour est une notion créée par des hommes aux poches profondes.

Je m'approche de la fenêtre, mon seul refuge quand je suis enfermée à l'intérieur. Je regarde le jardin au milieu de l'enceinte. Même si je pouvais me libérer, ouvrir ma fenêtre et descendre, il n'y a nulle part où fuir.

– Je ne peux pas épouser Romano. Je suis amoureuse de Dante, et je vais avoir son enfant, dis-je. Ma main tombe sur mon abdomen. On voit à peine mon ventre, et les vêtements que je porte sont assez amples pour que personne ne le remarque.

Papa fonce plus loin dans la chambre, me coinçant à la fenêtre.

– Veux-tu un enfant sans père ? Un fils ou une fille qui grandit sans exemple à suivre. C'est ce que tu me demandes, Nicole, de te laisser vivre dans un monde imaginaire où tu élèverais un enfant toute seule.

Est-ce que Dante voudrait élever le bébé avec moi ? Ce n'est pas quelque chose dont nous avions discuté.

– Je ne serais pas seule. J'aurais Dante.

J'ai perdu la tête.

C'est la seule raison pour laquelle j'ai pu dire des choses aussi folles à Papa. C'est plus facile de croire que Dante voudrait m'épouser que d'accepter la dure réalité d'épouser Romano.

– Alors pourquoi as-tu quitté Dante ? Tu devais l'épouser, et tu t'es enfuie. Comme tu le fais toujours, Nicole. Tu ne sais pas ce que tu veux. Tu es comme une enfant, dit Papa en me regardant fixement. Il me tapote le dessus de la tête comme on le ferait avec un petit enfant.

Ça me retourne l'estomac.

Je repousse son bras.

Il me rabaisse, me dévalorise, et je déteste ça.

Je le déteste.

La colère gronde en moi, troublant mon esprit. Qu'a-t-il dit à propos d'épouser Dante ?

– Que veux-tu dire par je devais l'épouser ?

Je suis contente d'être assise au bord de la fenêtre blanc immaculé. La vue du jardin en contrebas est légèrement apaisante et je détourne mon regard de Papa. J'ai besoin d'espace, mais il ne m'en donne pas. Être en sa présence est étouffant.

C'est ce que je ressentais avec Dante, mais différemment.

Je ne peux pas l'expliquer.

Dante m'a peut-être gardée enfermée dans sa tour, mais il semblait sincèrement se soucier de moi. Mais là encore, il m'avait enlevée et forcée à vivre avec lui.

Mes doigts s'emmêlent dans mes cheveux.

Je sais que j'ai besoin d'une aide professionnelle, mais à qui puis-je m'adresser ? Je veux dire, mon père et le père de mon enfant sont tous deux des mafieux. Nos vies et tout ce dont nous sommes témoins sont tenus au secret.

La thérapie n'est pas une exception.

– Cette conversation est terminée, dit papa.

Bien.

Je suis fatiguée de discuter avec lui aussi.

Ça veut dire que j'ai gagné ?

– Tu as une heure pour te préparer avant que Romano n'arrive.

Je vais juste devoir faire en sorte qu'il ne veuille pas de moi. Ça ne peut pas être si dur que ça. Dans le pire des cas, je dirai à Romano que je suis enceinte. Ça devrait lui faire peur.

37

DANTE

– IL Y A UN camion qui entre dans l'enceinte, dit Sawyer dans l'oreillette. C'est l'un de mes capos.

J'ai amené presque tous mes hommes et laissé seulement quelques soldats pour garder le fort.

– Aucun signe de qui ou quoi est à l'intérieur ? demandé-je.

Ce n'est pas un secret que Gino est impliqué dans des trafics d'armes, de filles et de drogues. Deux sur trois, je ne vois pas de problème, mais les femmes, y compris les enfants, non.

J'ai quelques valeurs morales.

– Un gars en costume vient de se garer et sort de son camion. Je ne le reconnais pas, dit Moreno. Il est accroupi à côté de moi avec des jumelles, surveillant la scène.

Je tends la main. Je veux voir ce sac à merde qui travaille pour Gino.

Je ne le reconnais pas. Je rends les jumelles à Moreno et je jette un coup d'œil à la tablette que j'ai apportée. Nous sommes connectés au Wi-Fi par les tours de téléphonie, donc nous avons un signal décent, et je peux garder un œil sur leur surveillance et m'assurer que personne ne vient à l'improviste.

– Patron, la voix de Sawyer grésille dans l'oreillette. Le signal audio a des problèmes, mais la vidéo est toujours impeccable.

Je tends un doigt à Moreno pour qu'il attende, et ensuite la ligne revient, claire comme du cristal.

– Vous n'allez pas le croire. Le costume a apporté des fleurs, un bouquet de roses, dans l'enceinte. Qui apporte des putains de fleurs au Don ?

– Ce n'est pas pour Gino, dis-je, la bouche sèche. Qui que ce soit, il est là pour Nikki.

Je doute qu'il y ait un entourage de femmes recevant des fleurs chez les DeLuca. Il y a peut-être plusieurs femmes retenues en captivité, mais personne ne leur fait la cour.

Un mec n'achète des fleurs à une fille que lorsqu'il essaie de la baiser ou qu'il est à la niche et qu'il s'excuse.

Je suis content de ne pas avoir perdu une minute de plus à la maison.

Suis-je impulsif ? Probablement, mais je m'en fous.

Nikki est à moi.

Personne d'autre ne s'approche de Nikki ou de mon bébé.

Et certainement pas un costume avec des roses.

Fait chier. Je ne peux pas surveiller plus longtemps.

– Combien de gardes autour du périmètre ?

Il faut qu'on bouge avant que la situation ne devienne critique.

La voix de Sawyer arrive en premier.

– On a deux gardes à l'entrée nord. Je peux créer une diversion sur le côté est et les attirer plus loin.

– Attends, Caden, un autre capo, j'interrompt avant que Sawyer ne puisse suivre son plan.

– Gino vient juste de sortir. J'ai un angle de tir. Je peux l'éliminer, dit Caden.

Nikki est la priorité, mais l'opportunité d'éliminer le patron de l'empire DeLuca est une distraction intéressante.

– Fais-le, dis-je.

Gino est un porc, il enlève des jeunes filles et les fait passer dans son réseau. Il ne manquera à personne. Certainement pas à moi.

De ma position, je ne peux pas voir le tir.

Les images de surveillance ne le montrent pas non plus, ce qui est une bonne chose car au moins ses hommes ne sauront pas ce qui leur arrive.

Moreno et moi gardons un œil sur la vidéo de surveillance, donnant à mes hommes le temps d'éliminer les gardes les uns après les autres avant que nous ne soyons repérés.

Les ordres sont lancés, mes hommes nettoient le périmètre et nous nous préparons à entrer par l'entrée principale. Je ne peux pas regarder la vidéo et être en première ligne.

Stratégiquement, je devrais rester derrière, mais en tant que Don, je refuse d'ordonner à mes hommes de se battre sans mettre un pied sur le champ de bataille. Je remets la tablette à Moreno.

C'est mon second. Si quelque chose m'arrive, mes hommes suivront ses ordres.

Il y a une arme de poing à ma cheville, et un semi-automatique drapé autour de mon épaule. Je saisis l'arme et rappelle à mes hommes que quoi qu'ils fassent, ils ne doivent pas tirer sur Nikki.

Elle porte mon enfant.

La laisser partir était une erreur. Une erreur de jugement momentanée. Elle mérite la liberté mais pas de la même manière qu'elle pense la vouloir.

Nikki ne réalise pas le danger qu'elle court en rentrant chez elle.

Son père l'a empoisonnée. Il a ordonné son enlèvement et a permis qu'elle soit vendue.

J'ai essayé de la prévenir, mais elle ne m'a pas cru.

Pourquoi le ferait-elle ?

Maintenant, je suis venu la sauver, elle et l'enfant qu'elle porte.

Mais le verra-t-elle de cette façon ?

38

NICOLE

ROMANO M'APPORTE DES ROSES. Je suis censée tomber raide dingue de ses efforts ?

Elles ont manifestement été achetées au supermarché.

Il n'a même pas pu faire la dépense d'aller chez un fleuriste.

Je déteste les roses. Elles ont la couleur du sang.

Ma mère avait reçu un bouquet de roses rouges le jour où elle a été assassinée.

Romano ne pouvait pas savoir pour les fleurs ou la mort de ma mère. Du moins, je ne pense pas qu'il avait une quelconque idée des deux.

Je porte les roses dans la cuisine et trouve un vase sous l'évier. En coupant les tiges, je me pique le pouce.

Le sang coule dans l'évier et je fais couler l'eau en plaçant mon pouce sous le robinet.

– Maudites roses, marmonné-je pour moi-même.

Si j'étais superstitieuse, je penserais que c'est un présage.

Mais je ne le suis pas.

Enfin, d'habitude, je ne le suis pas.

Mon estomac bouillonne, et je me dis que ce sont juste mes nerfs qui me mettent à cran. C'est le dernier endroit où j'ai envie de me trouver, avec un étranger, en train de dîner sur ordre de mon père.

S'il n'était pas un chef de la mafia qui commande un mariage arrangé comme un steak au restaurant, je serais humiliée. Je peux trouver mon propre rendez-vous. Bon sang, si on me laisse assez de temps, je pourrais probablement trouver un mari, aussi.

Bien sûr, être enceinte n'arrange pas les choses, mais je peux m'occuper d'un bébé toute seule. Ça ne peut pas être si difficile.

Je termine avec les roses et prends mon temps pour retourner dans la salle à manger, où Romano attend. Il ne s'est pas encore assis, et il a l'air maladroitement pas à sa place.

Il est assez agréable, mais pas vraiment mon type. Il est petit, un peu trapu, et ses cheveux semblent avoir été teints avec du cirage. Je parierais n'importe quoi que la couleur déteigne sur les meubles.

— J'espère que tu aimes les fleurs, Nicole. J'ai fait un déplacement spécial en ville pour les acheter pour toi.

Je suis censé être impressionnée ? Parce que je ne le suis pas.

Je ne réponds pas à Romano. Ses fleurs ne valent pas le compliment.

Pourquoi Papa veut-il que je l'épouse ? C'est pour une parcelle de terre et deux bœufs ? On n'est plus au XIXe siècle. Je ne vais pas être exhibée et vendue aux enchères.

Mais c'est précisément ce qui s'est passé, et je suis à Dante.

M'a-t-il acheté, ou était-ce son activité depuis le début ?

— Ton père m'a dit que tu as traversé une sacrée épreuve récemment, dit Romano. Il me fait signe de m'asseoir à la table et tire ma chaise.

C'est comme ça qu'il agit normalement ou c'est un spectacle qu'il met en scène, car de temps en temps,

Papa passe dans la salle à manger. Ses pas sont évidents à son approche.

– Oui.

Je m'assois à la table. Il y a une belle nappe blanc immaculé avec de la dentelle sur les bords qui orne la table, mais la nourriture n'a pas encore été apportée.

Papa a un chef à plein temps qui prépare tous nos repas. Je pense qu'il en sera de même ce soir.

– J'ai de la chance que ton père t'ait vendue à Dante au lieu de son plan initial.

De quoi parle-t-il ?

– Pardon ?

– Tu sais, son plan pour t'empoisonner. Il m'a prévenu que tu pourrais ne pas avoir faim pour le dîner et être de mauvaise humeur à cause des antibiotiques qu'ils t'ont donné, mais il m'a assuré que tu n'étais pas contagieuse.

Je vais être malade. Je pose mes mains à plat sur la table.

– Papa m'a vendu à Dante ?

– Oui, il a orchestré l'enlèvement à cause de ton caprice, pour te donner une leçon. J'espère que ça a marché. Je déteste admettre que je suis loin d'être aussi créatif que ton père.

Je vais tuer Papa.

La nausée et la peur se transforment en dégoût.

Mon seul choix est de rejeter Romano aussi gentiment que possible.

Je pose ma main sur mon abdomen. C'est maintenant ou jamais. Avec un peu de chance, ça le fera fuir.

– Tu as entendu la nouvelle ? Je porte l'enfant de Dante Ricci.

Je pose une main sur mon abdomen avec un sourire narquois.

Je m'attends à moitié à ce que Papa entre en trombe dans la salle à manger pour me réprimander, mais il ne vient pas.

En fait, on n'entend plus ses pas dans le couloir. Il a dû aller dans son bureau ou sortir prendre l'air.

– L'enfant de Don Ricci ? demande Romano. Ses yeux s'écarquillent et son teint devient sinistre. Il ne semblait pas gêné par le fait que mon père m'ait empoisonné, enlevée et vendue, mais une grossesse, c'est trop pour lui.

Peut-être qu'il arrêtera de prétendre qu'il veut m'épouser et s'excusera de table.

Je préfère manger seule.

Des coups de feu éclatent juste à l'extérieur de l'enceinte.

– Gino a été touché. Nous sommes attaqués !

La voix de Vance résonne dans la salle à manger.

Romano se pousse de sa chaise et attrape son pistolet à la hanche.

– Ne t'inquiète pas. Je vais te protéger.

C'est précisément ce qui m'inquiète.

Je passe devant Romano. Je dois voir mon père.

– Papa ! crié-je, espérant que Vance me dise où il est ou que j'entende les gémissements d'agonie de Papa. Il ne peut pas être loin.

Je ne regarde pas Romano par-dessus mon épaule. Il a une arme et peut se défendre. Qu'il vive ou qu'il meure ne me concerne pas.

Je me précipite dans le couloir.

– Papa !

S'il n'est pas mort, je vais peut-être devoir le tuer.

Je viens de passer la bibliothèque quand un corps me tire à l'intérieur de la pièce, me couvrant la bouche.

Je donne un coup de coude à l'intrus et je lui écrase le pied. Il ne relâche pas sa prise.

– Tu peux venir avec moi de ton plein gré ou je peux te porter hors d'ici, te débattant et criant, me chuchote Dante à l'oreille.

Je me retourne et fixe son regard noir. Je devrais le détester.

Il m'a menti.

Il m'a dominé.

Il m'a forcé à prendre ce stupide petit comprimé qui m'a sauvé la vie. Mais je ne le hais pas. Tout ce que je ressens est du soulagement.

– Pourquoi ?

C'est tout ce que je peux demander. Le seul mot qui se fraye un chemin sur mes lèvres.

Dante est silencieux pendant la plus brève des secondes.

– Tu portes mon enfant. Tu crois vraiment que je vais te laisser aller à un rencard avec ce loser ?

– Comment as-tu su ? Je l'entraîne avec moi hors de vue au cas où l'un des gardes s'approcherait. On doit te faire sortir d'ici.

Il rit doucement.

– Seulement si tu viens avec moi.

Je devrais être en colère. Le repousser. Lui dire de partir. Il a envahi ma maison.

Sauf que ce n'est pas ma maison. Du moins, plus maintenant.

Je n'ai aucune raison de croire que Romano m'a menti, ce qui veut dire que le monstre avec lequel j'ai vécu n'est pas Dante, mais mon Papa.

Mais j'ai besoin de l'entendre de Dante.

– C'est vrai ? demandé-je, en le fixant dans les yeux.

Il secoue la tête. Il n'a aucune idée de ce que je viens de découvrir.

– Tu m'as dit que Papa m'avait empoisonnée. Est-ce qu'il m'a aussi fait enlever ? C'est lui qui fait du trafic de femmes, de filles, d'enfants ?

Mon cœur pourrait éclater de ma poitrine.

Je croyais que Dante était le monstre et c'est peut-être le cas, mais il n'a jamais été comme ça avec moi.

Je me sens mal, et Dante me prend dans ses bras avant que je ne m'effondre. C'est trop dur à supporter.

– Je te ramène à la maison avec moi.

Il ne demande pas ma permission. Il y a des coups de feu à l'intérieur et à l'extérieur. Est-ce que c'est sûr de partir ? Probablement pas, mais ses hommes sont les envahisseurs, et je suis prête à aller avec lui. Même retenu captive par Dante, il est plus humain que mon vieux père.

– Tu as tué mon Papa ?

Je dois savoir la vérité.

– J'ai donné l'ordre final, mais ce n'était pas ma balle.

39

DANTE

JE M'ATTENDS à de la colère, du ressentiment, de la haine, mais ce n'est pas ce que je trouve quand je sauve Nikki.

Ses bras sont autour de mon cou alors que je l'emmène par la porte d'entrée, devant le carnage et les corps éparpillés dans le foyer.

Ce n'est pas joli. Elle ne bronche même pas.

Je la raccompagne jusqu'à mon 4x4, à l'extérieur des grilles métalliques cachées par les caméras de surveillance, et je l'attache sur le siège avant.

Moreno peut s'asseoir à l'arrière. C'est généreux de ma part de lui proposer de le ramener à la propriété. Il pourrait rentrer avec Sawyer ou un des autres hommes. Plusieurs ont apporté des véhicules avec de l'artillerie et des soldats préparés pour la guerre.

Moreno me jette un coup d'œil et me fait un signe silencieux de la tête pour me dire que tout va bien avec mes hommes.

Le trajet de retour est silencieux.

De temps en temps, je jette un coup d'œil à Nikki. Elle regarde par la fenêtre, silencieuse. Je ne l'ai jamais connue aussi silencieuse qu'aujourd'hui.

Est-elle en colère parce que nous avons tué son père ?

Elle n'en a pas parlé depuis que j'ai avoué avoir donné l'ordre de l'exécuter. La plupart de ses hommes sur place ont été abattus. Quelques-uns ont fui, d'après ce que j'ai entendu dans mon oreillette, et mes soldats continuent de les traquer.

La famille DeLuca en aura-t-elle enfin fini une fois pour toutes avec Breckenridge ?

Nikki est la fille d'un chef de la mafia.

Choisira-t-elle de reprendre l'héritage de son père ? Elle ne semble pas être le genre de personne capable de tuer, et elle ne va pas continuer à faire du trafic de femmes.

Qu'est-ce que ça laisse ? Les armes et la drogue ?

———

Moreno déverrouille la porte d'entrée, et je la porte dans le foyer. Elle n'a pas de chaussures, et l'allée en pierre et les marches en ciment sont chaudes même sous le soleil du soir.

– Je vais monter dans ma chambre, dit Nikki au moment où ses pieds touchent le sol.

Je grimace, ne sachant pas pourquoi elle veut monter au lit si tôt. L'adrénaline est toujours pompée en moi à la vitesse de l'éclair.

– Pourquoi ? Ça va ? demandé-je.

Elle a traversé beaucoup d'épreuves. Je ne peux pas lui reprocher de vouloir faire une sieste, même s'il se fait tard.

La journée a été longue et probablement épuisante pour elle.

Nikki pince ses lèvres l'une contre l'autre.

– Je pensais que tu voudrais que je ne sois pas dans tes pattes. Je suppose que j'ai pris l'habitude d'être séquestrée dans ma chambre.

Mes restrictions sur ses allées et venues dans le château vont changer. Je ne crois pas qu'elle s'enfuira à nouveau.

Je suis peut-être un idiot, mais elle n'a nulle part où aller. Personne vers qui se tourner, et elle est enceinte.

Un garde sera posté devant sa chambre, mais c'est pour sa propre sécurité. Je ne peux pas être trop sûr que les quelques hommes restants n'essaieront pas de riposter.

– Eh bien, si tu peux supporter un dîner, tu devrais me rejoindre dans la cuisine.

Elle lève un sourcil.

– Comment sais-tu si je n'ai pas déjà mangé ?

Tout ce qu'elle aurait mangé aurait probablement déjà été vomi, étant donné les événements de la nuit.

– Tu as mangé ?

Je ne lui dis pas que je suis passé à toute vitesse devant la cuisine avec un soldat, effrayant le chef. Il a renversé une demi-douzaine de plats sur le sol quand il s'est jeté par terre pour se cacher.

Elle sourit d'un air penaud.

– Non.

– Qu'est-ce que tu as envie de manger ? demandé-je. Je ne suis pas très doué pour la cuisine, mais j'ai un grand chef dans les parages.

– Soupe, biscuits, eau, comme d'habitude.

Pas question. On ne joue plus à ce jeu.

– Tu manges un dîner sain. Si je dois t'emmener dîner pour te redonner l'appétit, ainsi soit-il.

Un sourire se dessine sur ses lèvres. Elle semble beaucoup plus détendue, à l'aise.

– Tu me laisserais quitter cet endroit ?

– Tu n'es pas une prisonnière, Nikki, dis-je, voulant qu'elle sache la vérité et l'accepte. Je n'ai jamais eu l'intention de t'acheter et de te garder enfermée. Mais quand j'ai appris que tu étais enceinte, j'ai eu peur de ne jamais voir mon enfant et que tu sois une cible.

Elle acquiesce lentement, écoutant ce que j'ai à dire.

– Tu veux vraiment me dire que je peux aller faire du shopping, acheter des vêtements de grossesse, me prendre un latte ?

– Oui, oui, et après la naissance du bébé, tu pourras boire autant de café et de caféine que tu le souhaites.

Ça ne veut pas dire que je la laisserai partir seule. Un garde veillera sur elle et la protégera.

Son nez se fronce de cette façon adorable qui fait battre mon cœur.

– Le café me manque, se plaint-elle.

– Eh bien, c'est une bonne nouvelle. Ça veut dire que tu t'intéresses à nouveau à la nourriture. Je balaye une mèche de cheveux derrière son oreille.

Elle se penche sur mon toucher.

– Maintenant, pour le dîner. Qu'est-ce que tu veux manger ?

– J'ai une folle envie de sushi, dit Nikki.

Je suis presque sûre qu'une femme enceinte n'est pas censée consommer du poisson cru.

– D'autres envies ?

Je déteste lui dire non, surtout après tout ce qu'elle a traversé.

– A part toi ?

C'est comme si elle pouvait lire dans mes pensées. Je la tire contre moi, et nos lèvres se heurtent.

Je suis reconnaissant qu'elle soit de retour dans ma maison. Ça me fait chaud au cœur d'entendre qu'elle veut être ici, avec moi.

Mes doigts se promènent sur sa hanche, sous sa chemise, effleurant sa peau. Elle est minuscule et semble incroyablement fragile.

Je veux la dévorer, mais pas avant qu'on ait mangé. Elle est enceinte, et notre bébé et sa santé doivent passer avant mes besoins.

C'est la première fois de ma vie que je fais passer quelqu'un d'autre en premier.

– Dîner, dis-je encore entre deux baisers. Que veux-tu manger ?

Son visage se fronce, et elle gémit quand mes lèvres s'attardent sur son cou.

– Nikki ?

Un doux ronronnement s'échappe du fond de sa gorge.

– N'importe quoi si ça implique que tu sois nu et que tu me le donnes à manger.

Le sourire qu'elle arbore me tiraille de l'intérieur, et ses mots font durcir ma bite.

– Femme, tu causeras ma perte.

ÉPILOGUE

Nicole

J'AI UN FILS. Pendant un moment, nous avons été inquiets à cause de la fièvre typhoïde, du stress de la grossesse et du risque d'accouchement prématuré.

Mais en tenant Luca dans mes bras, en ressentant la sensation écrasante de joie, sans aucun doute, je savais qu'il irait bien.

Et il va bien. Il est parfait. Il grandit vite, il gambade déjà, il se frotte à tout ce qu'on peut imaginer.

Luca a les yeux de son père, et chaque fois que je tiens notre fils, il me rappelle tellement Dante. La ressemblance est encore plus frappante chaque jour qui passe.

Dante a été incroyable en tant que mari et père. Pour un homme qui est entièrement alpha, protecteur et dominant, il y a un côté plus doux que j'ai été surprise de découvrir.

– Comment va mon garçon ? demande Dante en soulevant Luca dans ses bras et en le faisant tourner sur lui-même.

Luca suce sa tétine, ne voulant pas s'en séparer, même si nous essayons de l'amadouer avec des peluches et des friandises. Je suis sûre qu'il l'emmènera à l'école maternelle à l'automne.

Luca couine de plaisir quand Dante le lance en l'air.

– Tu deviens trop grand pour ça.

Dante sourit et le rattrape à ras du sol intentionnellement, en prétendant qu'il est beaucoup trop lourd et grand.

– Vous allez me faire faire une crise cardiaque, dis-je en riant. Je ne plaisante qu'à moitié. J'essaie de ne pas être un parent surprotecteur, mais notre secteur d'activité est dangereux.

Luca et Dante sont mon univers.

Je n'ai jamais pensé que je verrais le jour où je serais mariée à un Don.

– Des nouvelles sur les DeLuca et Vance ? demandé-je, en essayant d'être désinvolte dans ma question.

Papa est mort pendant l'embuscade où Dante m'a sauvé, et la plupart de ses hommes avaient péri dans l'assaut ce jour-là. Mais Vance s'était échappé avec deux hommes dans la forêt, Marco et Rafael.

– J'ai chargé Sawyer de les traquer. Vance a été repéré à Chicago et Rafael en Californie.

– Une idée de pourquoi ils sont si éloignés ?

Je ne veux pas m'inquiéter des affaires, c'est le boulot de Dante, mais quand ça concerne mon ex-famille, j'ai peur que mon fils soit une cible.

– Les Russes m'ont prévenu pour Vance, mais non, je ne sais pas ce qu'il a prévu, dit Dante. J'ai mes meilleurs hommes qui surveillent leurs allées et venues, et s'ils franchissent ne serait-ce que la frontière de l'État, je le saurai.

En expirant un souffle lourd, je me penche et vole un baiser à Dante.

– Je te fais confiance.

– Je sais. Je t'aime et je te fais confiance aussi, murmure-t-il contre mes lèvres. Oh, tu as entendu que Moreno se marie et attend une fille ? Tu imagines si nos enfants se mariaient

– Non, le coupé-je avant qu'il ne puisse suggérer ce que je pense qu'il est sur le point de dire.

– Plus de mariages arrangés. Notre fils peut grandir et épouser la personne qu'il aimera.

———

Merci d'avoir lu Vœu Secret. Continuez l'aventure avec Vœu Captif pour connaître l'histoire de Moreno.

Engagée comme nounou...

Son père me dit qu'elle est muette. Mais je l'ai surprise en train de fredonner une berceuse.

C'est un menteur. Ou elle a trompé tout le monde.

Qu'est-ce qu'une enfant de 4 ans peut bien cacher ?

J'aurais vraiment dû vérifier ses antécédents. Imaginez ma surprise quand je découvre que mon patron grincheux travaille pour la mafia.

Je veux partir mais il ne me laisse pas faire. Je suis sa captive, obligée de suivre ses règles et de faire ce qu'il demande.

Achetez en un clic Vœu Captif maintenant !

Prêt pour votre prochaine lecture en un clic ? Lisez la série Tactique de l'Aigle en commençant par Révélation : Jaxson ou achetez le coffret Collection Tactique de l'Aigle.

Et inscrivez-vous à ma newsletter pour être informé des nouveaux livres, des concours et des offres gratuites : www.authorwillowfox.com/subscribe.

Je remercie tous ceux qui contribuent à répandre le message, y compris en en parlant à des amis. Les avis aident les lecteurs à trouver des livres ! Veuillez laisser un avis sur votre site de livres préféré.

CONCOURS, LIVRES GRATUITS ET PLUS DE CADEAUX

J'espère que vous avez apprécié VŒU SECRET et que vous avez aimé l'histoire de Dante et Nikki.

Inscrivez-vous à ma newsletter Willow Fox

Si vous avez apprécié VŒU SECRET, prenez un moment pour laisser un avis. Les avis aident les autres lecteurs à découvrir mes livres.

Vous ne savez pas quoi écrire ? Ce n'est pas un problème. Ce ne doit pas nécessairement être long. Vous pouvez raconter comment vous avez découvert mon livre : est-ce qu'un ami ou un club de lecture vous l'a recommandé ? Faites savoir aux lecteurs qui est votre personnage préféré ou ce que vous aimeriez voir se passer ensuite.

Merci de votre lecture ! J'espère que vous envisagerez de vous inscrire sur ma newsletter pour recevoir des livres gratuits, des promotions, des cadeaux et des informations sur les nouvelles parutions.

A PROPOS DE L'AUTEUR

Willow Fox aime écrire depuis qu'elle est au lycée (il y a bien longtemps). Ses romances de petite ville reflètent la vie dans une petite ville de l'Amérique rurale.

Qu'elle écrive des romances ou qu'elle s'assoie près d'un feu de camp pour lire un bon livre, Willow aime la magie des mots écrits.

Elle rêve d'être transportée et espère le faire pour ses lecteurs !

Visitez son site Web à l'adresse suivante :

https://authorwillowfox.com

AUSSI PAR WILLOW FOX

Aigle Tactique

Révélation : Jaxson

Furtif : Mason

Dissimuler : Lincoln

Clandestine : Jayden

Mariages Mafieux

Vœu Secret

Vœu Captif

Vœu Sauvage

Vœu Non Consenti

Vœu Impitoyable

Frères Bratva

Boss Brutal

Boss Vicieux

Boss Possessif

Boss Obsessif